천 천 히,
천 천 히
걷는다

염홍철의 월요일 아침편지

천 천 히,
천 천 히
걷는다

염홍철 지음

책을 펴내며

고백컨대 저는 한국인의 보편적인 DNA를 받아서인지 성정이 급한 편입니다. 학생시절부터 뭐든지 빨리 이루고 싶어 조바심쳤습니다. 그래서 지금 돌이켜 생각하면 20년 가까이 교수생활을 하던 시절에도 내용이 충실하지 못한 논문이나 책을 '빨리빨리' 양산해냈던 것 같습니다. 이런 태도가 바뀌기 시작한 것은 공직을 맡고부터였습니다. 혼자의 일이 아니라 조직이 같이 하는 일이고, 그 결과는 국민의 이해와 직결되기 때문에 자연히 의사결정이 신중해지고 느려졌습니다.

사람의 생각은 직관에 의존하는 빠른 생각과, 이성적으로 따져보는 느린 생각으로 나눌 수 있습니다. 그런데 빠르게 생각하고 행동하다 보면 오류에 빠지기도 하며, 크고 작은 잘못된 판단을 하게 되지요. 그래서 합리적인 생각과 행동을 위해서는 빠른 생각의 위험성을 인식해야 합니다. 이를 깨달은 후로 저는 생각과 행동에서 빠르고 감정적인 면을 줄이고 가급적이면 천천히, 그리고 느리게 가려고 노력하고 있습니다.

공직을 떠난 뒤 '천천히, 천천히'는 더욱 저의 철학이자 생활습관이 되었습니다. 매일 새벽에 일어나 명상을 하고, 그 내용을 페이스북에 글로 정리해 올리고 나서 동네 천변에 나가 천천히 걷기 시작합니다. 의무는 아니지만 아침에 '공부방'에 나와서 오전에는 제가 읽고 싶은 책을 읽고, 오후에는 강의를 위해 읽어야 할 책을 읽고 있습니다. 점심과 저녁은 다양한 사람들과 함께 하면서 깊은 정을 쌓아가고 있습니다. 사회학자 레이 올덴베르그가 말한 '제3의 공간'도 만들었습니다. 제3의 공간이란 마음이 통하는 사람들이 모이는 곳, 격식이나 서열이 없는 소박한 곳입니다. 마음대로 출입이 가능하고 수다를 떨 수 있는 곳입니다. 맛있고 정갈한 음식이 있는 곳입니다. 동네 식당일 수도 있고, 친구 집 식탁일 수도 있고, 정신적 공간일 수도 있습니다. 그곳에서는 모두가 평등하고 많은 자원이 공유됩니다. 그곳에서 자주 만나지 못했던 지인들과 차담(茶啖)을 하면서 어느 때는 인생을 더 배우고, 어느 때는 세상살이 어려운 사연을 아프게 들으며 연민을 느끼고, 어느 때는 지역과 나라를 걱정합니다.

많은 사람들이 슬로우 라이프를 위해 걷기와 독서 두 가지를 권장합니다. 미국의 어느 작가는 "하루를 행복하게 시작하고 싶으면 걸으라."고 했고, 철학자 니체는 "진정 위대한 모든 생각은 걷기에서 나왔다."고 했으며, 뉴턴의 만유인력법칙도 산책 중에 발견했다고 하지요. 실제로 바쁜 일상에서 벗어나 걷다 보면 자기 성찰과 사색의 시간을 가질 수 있을 뿐만 아니라 정신이 맑아지고 몸에 활력이 생깁니다.

독서를 통해서는 선각자들의 지혜를 얻을 수 있고, 학자들의 수십 년간 연구 결과를 몇 시간 안에 자신의 지식으로 만들 수도 있습니다. 그런데 독서에서도 '천천히, 천천히'가 필요합니다. 독서를 많이 하는 사람들이 공통적으로 지적하고 있는 것은 그저 빠르게만 책을 읽어나가는 것의 위험성입니다. 독서를 통해 그 책의 진수를 내 것으로 만들고, 단순한 지식 섭취가 아니라 지식을 통해 스스로 깨달음을 얻는데, 그것도 '천천히, 천천히' 읽는 독서 습관을 통해서 가능한 일입니다. 독서를 통해 삶의 속도를 늦추고 새롭게 나를 가다듬을 때에 비로소 책에서 얻는 재미와 지식은 내면의 뜰을 풍성하게 가꾸어 줄 것입니다.

이제 저에게 걷기와 독서는 건강과 취미를 넘어 일상이 되었습니다. 빠르고 풍부하고 편리한 이 세상에서 생각과 행동의 속도를 좀 늦추고, 느림의 미학을 실천할 때 비로소 풍성한 존재로 거듭날 수 있지 않을까 생각합니다.

길은 언제나 인생의 최고 메타포입니다. 마음을 비워야 천천히 걸을 수 있고, 천천히 걸어야 자신을 발견할 수 있습니다. 그래서 이 책의 제목을 '천천히, 천천히 걷는다'로 정했습니다. 저는 매주 월요일마다 '염홍철의 월요일 아침편지'라는 제목으로 사람들에게 글을 띄우고 있습니다. 이 책은 2014년 1월부터 최근까지 보낸 아침편지를 모아 정리한 것입니다. 출판을 결정해주신 시간여행 출판사와 추천의 글을 써주신 박범신 작가님, 항상 기꺼이 제 글의 첫 독자가 되어준 김수경 님께 감사드립니다.

2016. 10. 고요가 깃든 서실에서
염홍철

제2장 온 길을 돌아보며 갈 길을 생각한다

제3장 향기가 있는 하루

천 천 히 , 천 천 히 걷 는 다

제1장 더 나은 삶을 향해서

느림과 고행을 감수하면서 꾸준히 걷는 것은

자기 자신을 발견하고 탐색하는 과정입니다.

또한 걷는다는 것은 자신이 걸어온 길을

뒤돌아보는 일이면서 동시에 앞으로

자신이 나아갈 길을 꿈꾸는 일이기도 합니다.

이제 다시 시작입니다

이제,
다시 시작입니다

2014년 6월 저는 시장에서 퇴임하며 오랜 공직자 생활을 마무리했습니다. 퇴임하기 전에는 솔직히 말씀드려 이후의 생활에 약간의 불안감도 있었지만, 그동안의 삶은 대체로 만족스럽고 행복했습니다. 과거 시장 재임 때와 똑같이 새벽 5시에 일어나서 트위터나 페이스북에 하루를 시작하는 글을 남기고, 아침운동을 한 후 간단한 식사를 마치고 9시경에 조그맣고 아담한 사무실에 출근해서 음악을 듣고, 책을 읽습니다. 그리고 좋은 분들과 만나 식사를 하거나 차담(茶啖)을 나눕니다. 만나는 사람마다 예전과는 달리 사람 냄새나는 훈훈한 대화가 오갑니다. 한번은 전부터 알고 지내던 분과 함께 점심을 했는데, 그분은 어려웠던 지난 시절 이야기를 허심탄회하게 털어 놓았습니다. 들으면서 많은 공감을 했으며 그분이 새롭게 보였고, 뭔가 그분의 삶에 제가 근접해 있다는 느낌을 받았습니다.

이런 경험들이 제게는 마치 삶을 다시 시작하는 시그널과도 같았습니다. 이제는 공직자 때와는 다른 입장에서 지인의 아픔을 위로하여 줄 수 있고 저 또한 지인으로부터 어려움과 상처를 치유받을 수 있겠다는 생각이 들었습니다.

9월이 오면 학생들을 만날 계획입니다. 이제는 교수 시절처럼 학생과 교수의 관계로 만나는 것이 아니라 캠퍼스에서 또는 강의실에서 제 아들과 딸들을 만나는 것입니다. 제 자식처럼 정성을 다해 가르치고, 그들의 풋풋한 목소리도 듣고, 고민도 같이 나누겠습니다. 미래를 함께 맞이할 동료로, 경험을 조금 더 가진 입장에서 허심탄회하게 이야기 나누고 봉사할 생각입니다.

제 전공인 정치학이나 행정학은 저보다 훨씬 유능한 젊은 교수들이 더 잘 지도하실 터이니, 저는 강의에서 그동안 제가 경험한 세상, 그 속의 현실을 학생들과 같이 고민하면서 답을 찾아보려고 합니다. '어떻게 살아야 하고 어떻게 죽는 것이 좋을까? 세상에 통용되는 기준은 무엇이고 상징은 무엇인가? 자신의 행복한 삶을 위해서는 무엇이 필요한가? 진정한 사랑과 행복은 무엇인가?' 등을 학생들과 같이 토론하고자 합니다.

강의 제목을 처음에는 '인생에 답하다'로 정했었습니다. 그런데 '인생의 답을 찾다'로 바꾸었습니다. 인생에는 어차피 정답이 없으니 우리가 먼저, 인생의 모범적인 답을 찾아 보고 삶에서 그것을 역으로 만들어 가자는 취지였습니다.

우리가 찾는 그것이 물론 정답일 리가 없습니다. 고미숙 작가의 '달인 3종세트' 중 세 번째 《돈의 달인, 호모 코뮤니타스》에는 "지구는 탄생 이래 단 한 번도 같은 날씨를 반복한 적이 없었다."는 말이 나옵니다. 유전적·환경적 조건이 똑같은 일란성 쌍둥이의 운명도 똑같지 않습니다. 그런데 어떻게 일반적으로 통용되는 인생의 정답이 있겠습니까? 어느 노 철학자는 한평생 인생의 답을 찾아 세상을 헤맸지만 결국 정답을 찾지 못했다고 합니다.

그러나 젊은 시기에 자신의 인생을 시뮬레이션하여 목표를 설정하고 이행하다 보면, 기나긴 삶의 과정 중에 어쩔 수 없이 맞닥뜨리게 될 어려움에서 보다 나은 좌표를 선별할 수 있기에 이러한 토론과 사유가 필요하다 봅니다. 때문에 지금은 학생들과 '인생이란 여정에서 보물찾기'를 함께할 시간을 설레는 마음으로 기다리고 있습니다. 수강생 중 단 한 사람이라도 제 강의를 통해 인생의 진로가 좋은 방향으로 바뀔 수도 있다는 생각을 하면 벌써부터 가슴이 두근거립니다.

제 인생은 어떤 의미에서 이제부터 다시 시작입니다. 인생을 축구 경기에 비유하자면 지금 저는 후반전의 반이 지났습니다. 아직도 후반전의 반이 남아 있고, 때에 따라서는 연장전까지 더 쓸 수 있습니

다. 돌이켜보면, 젊었을 때의 제 강의는 설익었고 지금까지의 저술은
다른 사람의 지식을 내 것으로 소화하지 못한 채 생명력 없는 이야기
를 늘어놓았습니다. 지금부터 새로운 강의와 해야 할 이야기가 있기
에 전 글쓰기로 제 생각을 다듬을 생각입니다. 김난도 교수의 표현처
럼 "준비하는 사람이 청춘"이라면, 저 또한 청춘입니다.

저의 이러한, 어쩌면 무모할 수도 있는 용기가 많은 사람에게 희망
을 주었으면 좋겠습니다.

천천히 걷고,
힘들면 쉬라

　지금 여기는 네팔의 수도 카트만두입니다. 안나푸르나 베이스캠프 (ABC)까지 올라갔다가 내려와 인천행 비행기를 기다리면서, 카트만 두의 작지만 아름다운 호텔에서 이 글을 씁니다.

　네팔 사람들은 전통과 종교, 독특한 그들만의 삶과 문화를 지금까 지 지켜오고 있습니다. 대부분의 사람들이 온순하고, 열심히 일합니 다. 그들의 신은 추상적인 개념이 아니라 삶 속에 존재하고 있기에 경 건한 생활이 몸에 배어 있습니다. 지금은 가볍게 나누는 인사 정도로 쓰이는 "나마스떼(Namaste)"라는 말은 원래 산스크리트어로 "내 안의 신이 그대 안의 신에게 경배합니다."라는 뜻으로 합장하고 허리를 굽 혀 예를 표하는 정중한 인사였습니다. 그러나 요즘은 히말라야 산을 오르내리는 모든 이들이 국가와 인종을 불문하고 "나마스떼!"라고 노래하듯 인사를 건네면서 지나칩니다. 우리가 무심코 주고받았던 짧은 한마디의 인사에 이토록 깊은 의미가 내포되어 있다니 이곳 사람들의 문화와 전통에 새삼 깊은 경외감이 일었습니다.

등반을 마치고 이 글을 쓰고 있는 지금, 저는 다소 들떠 있습니다. 왜냐하면 드디어 제가 퇴임 시 세웠던 계획 중 하나인 히말라야 트레킹을 무사히 마쳤기 때문입니다. 저를 포함하여 10명으로 구성된 ABC트레킹 팀이 고도 1,720m의 칸데를 시작으로 고도4,130m의 ABC까지 왕복하는 코스였습니다. 하루에 7~8시간씩 6일을 걸었습니다.

우리 팀을 안내한 오지탐험가 심재철 씨는 히말라야를 오르기 전에 세 가지 고산 등반 요령을 말해주었습니다.

첫째, 천천히 걸어라. 천천히 올라가면 고소증에 걸리지도 않고 누구나 목표지점에 도달할 수 있다.
둘째, 다 올라가서 쉬려 하지 말고 쉬어가면서 올라가라.
셋째, 여러 사람이 산행을 할 때 앞사람을 보지 말고 뒷사람을 보면서 걸어라.

등산 요령을 넘어 인생의 철학으로 환치해도 될 만한 말이었습니다.

심재철 씨만이 아니라, 히말라야 트레킹을 하다 보면 곳곳의 오두막(lodge)를 지날 때마다 우리 일행을 만나는 네팔 사람들이 한국말로 "천천히, 천천히"를 주문합니다. 그 말을 들을 때마다 세계적으로 유명한 한국 사람들의 '빨리빨리'를 염두에 두고 하는 말일 수도 있겠다는 생각이 듭니다. 아무튼 안전하게 목표지점까지 도달하기 위해서는 '천천히' 걷는 것이 높은 산을 오르는 사람들의 제1 수칙입니다.

언론인 생활을 하다 은퇴 후 터키의 이스탄불에서 중국의 시안(西安)까지 12,000km를 걸었던 프랑스인 베르나르 올리비에의 걷기 비결도 서두르지 않고 '느리게 걷는다'였습니다.《뉴욕 타임스》논픽션 1위를 차지한《와일드》의 저자 셰릴 스트레이드는 미 서부 산맥을 따라 미국을 종단하는 4,285km의 '퍼시픽 크레스트 트레일'을 4개월에 걸쳐 걸었습니다. 그 4개월 동안 그녀는 슬픔과 혼란, 공포와 희망을 동시에 품고 천천히 걸었다고 회고합니다. 두 사람 모두 길고 긴 길 위에서 상처와 고통에 시달리고, 외로움과 굶주림과 싸우며, 생명을 위협당하는 순간순간을 넘기면서 새로운 인간으로 다시 태어났습니다.

프랑스《르 피가로》지는 베르나르 올리비에의 인터뷰기사를 다음과 같이 싣고 있습니다.

내 자신을 잘 몰랐다는 걸 깨달았습니다. 튼튼한 몸을 가졌지만 제대로 돌보지 않았습니다. 멋진 여자를 만나 결혼했고, 너무나 사랑했습니다. 아내는 오래전에 죽었지만, 아직도 아내를 사랑합니다. 잘 자라준 두 아들이 있고, 친구도 있습니다. 모든 것이 충만한 사람이라고 할 수 있죠. 그런데 걷는 동안 새로운 세계와 새로운 존재 이유가 있음을 발견했습니다.

그의 말처럼 낯선 길 위에서 '자신과 대면하고, 자신의 인생에 대해 자문하면서 새로운 세계를 발견한다는 것'은, 걷기를 선택한 사람만이 누릴 수 있는 보람과 행복이라고 생각합니다.

주변으로부터 왜 그렇게 어려운 히말라야 트레킹을 하는가? 또는 왜 걷는가? 라는 질문을 저 역시 자주 받았습니다. 그러나 저는 아직 이에 대한 적절한 답변을 찾지 못했습니다. 베르나르 올리비에도《나는 걷는다》를 3권이나 집필했지만 왜 걷는지를 명확하게 밝히진 않았습니다. 다만, 느림과 비움과 침묵의 여정이었다고만 쓰고 있습니다. 셰릴 스트레이드도 550쪽에 달하는《와일드》에서 험난한 절벽과 좁은 길, 미끄러운 눈길과 야생동물 등 위험한 존재와 부딪치면서 걸었다고 썼지만 걷는 이유를 자세히 설명하지는 않았습니다. 그저 걷는 것은 "누구나의 삶이자 희망의 기록이다."라고 밝힐 뿐입니다.

느림과 고행을 감수하면서 꾸준히 걷는 것은 자기 자신을 발견하고 탐색하는 과정입니다. 또한 걷는다는 것은 자신이 걸어 온 길을 뒤돌아보는 일이면서 동시에 앞으로 자신이 나아갈 길을 꿈꾸는 일이기도 합니다.

삶 자체가 어차피 걸음의 연속이라면 모든 것을 걸고 오지(奧地)나 길고 긴 길을 떠나는 것은 '새로운 길'을 찾는 도전입니다. 끝이 없을 것 같은 낯선 길을 천천히, 천천히 걷다보면 많은 것을 볼 수 있습니다. 자연의 오묘함과 사람들의 다양한 표정들, 때로는 깊은 계곡의 운무를 마주하면서 영혼이 맑아지기도 합니다.

저는 이번 히말라야 트레킹에서 4,200m까지 올라갔지만 그 이상의 높이도 올라갈 수 있겠다는 자신감이 생겼습니다. 그것은 비단 저의 체력과 등산 경험 때문이 아니라, 제 체력과 호흡에 맞게 '천천히 걷고', '힘들면 쉬라'는 원칙을 깨달았기 때문입니다. 히말라야 트레킹 중에 고소증에 걸려 중도 포기하거나 사고를 당하는 사람이 종종 있는데, 물론 기초체력의 문제도 있을 수 있겠지만 대부분 위의 원칙을 지키지 않았기 때문입니다. 오히려 체력이 강하거나 등산 경험이 많은 사람들은 자신의 능력을 믿고 욕심을 내어 좀 더 빨리 걷다가 사고를 당했을 수도 있습니다. 마음을 비워야 안전한 산행을 할 수 있다는 것은, 제가 이번 트레킹에서 얻게 된 소중한 깨달음이었습니다.

쉽지 않은 등반이었지만 제가 영원히 잊을 수 없는 것들을 망막에 새긴 것만으로도 이 여행은 분명 제게 큰 의미가 있었습니다. 시시각각으로 변하는 안나푸르나, 마차푸차레 산 정상의 아름다운 색깔, 밤

하늘에 무수히 박힌 크고 작은 별들, 하늘에서 가장 가까운 마을에서 보는 여명의 신비, 첫 햇살을 받은 산봉우리들의 찬란함은 앞으로 제 삶이 팍팍하고 녹록치 않다고 느낄 때마다 꿈결처럼 나타나 제게 큰 위로와 용기를 건네줄 것입니다. 더불어 이번 트레킹에서 얻은 교훈도 저를 일깨워줄 것입니다. 인생을 트레킹하듯 '천천히, 무리하지 않고, 공동체 의식'을 되새기며 살아갈 것입니다.

"나마스떼!"

여러분께 경건하게 손을 모으고 허리를 굽혀 네팔식으로 다시 인사드립니다.

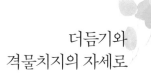

더듬기와
격물치지의 자세로

정부나 기업에서 혁신을 강조합니다. 대부분 '혁신'에는 구체적인 프로그램이 있고 실행 방향이 탁 트여 있는 것으로 생각하기 쉬운데, 혁신 과정을 논의하다보면 흔히 '더듬다'라는 단어가 연관어로 빈번히 나와 당황하게 됩니다.

'더듬다'의 사전적 정의는 '잘 보이지 않는 것을 손으로 이리저리 만져 보며 찾다'입니다. 마치 어두운 방에서 문고리를 잡으려고 더듬거리는 모습을 떠올리게 되지만 혁신, 즉 '해결 불가능한 문제'에 대한 해결책을 찾기 위해서는 필수적인 과정입니다. 그러다보니 혁신을 거론할 때 계속 이 단어가 연관어로 나옵니다. 특수상대성이론을 만들어 낸 알버트 아인슈타인 역시 "일을 어떻게 하느냐고 묻는다면,

나는 더듬는다고 답하겠다."고 표현했습니다.

'더듬다'는 어두운 곳에서 무엇을 찾는 일일 수도 있고, 조심스럽게 일을 처리하는 태도일 수도 있습니다. 뿐만 아니라 일이 서툴러서 앞으로 나아가지 못하는 상황을 설명하는 말일 수도 있습니다. 장님이 난간을 만지면서 느낌으로 길을 찾는 것과도 비슷합니다. 난간의 나무 가로대와 콘크리트 기둥은 보이는 것이 아니라 느껴지는 것이겠지요. 여기서 느껴지는 것은 장인(匠人)에게도 적용될 수 있습니다. 그것은 눈에 보이는 가시적인 것이 아니라 감각이나 촉각으로 느끼는 더듬거리는 것과 흡사합니다.

우리들이 실현하려고 하는 혁신은 쉽지도 간단하지도 않을 뿐더러 즉각적으로 조치할 수 있는 내용이 잘 떠오르지 않기 때문에, 가시적인 적용방법이 보이지 않기 때문에 더듬거리면서, 확인하면서, 조심스럽게 파고 들어가야 합니다. 그렇기에 아인슈타인까지도 '더듬는다'고 표현하지 않았을까요?

유진 S. 퍼거슨은 《엔지니어링과 마음의 눈》이라는 책에서 엔지니어가 구조물을 설계하거나 기계 조립을 할 때는 교과서에서 배운 지식보다 감각에 더 많이 의지한다고 했습니다. 책에 쓰여진 지식이나 어떤 청사진에 나와 있는 그림이 아니라 오로지 손이나 몸을 써서 직접 체험하면서 습득하는 것입니다. 어떤 '매듭'을 느낄 때도 그것을 언어적 방법으로 접근하면 풀 수가 없고 몸의 느낌으로써만 실마리를 풀어낼 수 있는 것입니다. 더듬는 것은 사물의 표피를 만지는 것 이상으로 보이지 않는 문제를 깊게 파고 들어가는 작업인 듯합니다.

　더듬는다는 말을 '신중하게 하나하나 확인한다.'는 뜻으로 이해한다면, 중국 사서의 하나인《대학》에 나오는 말인 '격물치지(格物致知)'를 떠올리게 됩니다. 이는 모든 사물의 이치를 끝까지 파고 들어가면 앎에 이른다는 뜻으로, 끝없는 탐구의 자세로 창의와 아이디어를 접목시킬 수 있기 때문에 기업에서도 활용하는 좌우명이며 기업정신이기도 합니다. 이병철 회장을 비롯한 이건희, 이재용 회장으로 이어지는 삼성가문과 삼성에서 오래 근무한 윤종용 회장의 좌우명이기도 합니다. 이분들의 사무실에는 격물치지를 액자에 담아 걸어 놓았다고 알려져 있습니다.

　아인슈타인의 '더듬다'로 시작하여《대학》에 나오는 격물치지로 마무리한다면 혁신의 문은 열릴 것입니다.

인생의
답을 찾다

저는 요즘 학생들에게 '인생의 답을 찾다'라는 제목으로 강의를 하고 있습니다. 강의 시작할 때 맨 먼저 하는 얘기는 "하루는 길지만 100년은 짧다."는 말입니다. 그날 무엇을 했느냐에 따라 다르겠지만 24시간의 하루는 결코 짧지 않은 시간입니다. 그러나 1년, 10년, 100년은 오히려 짧게 느껴집니다. 학생들 입장에서는 초등학교 입학하던 날을 떠올려보면 엊그제 같다고 느끼겠지만 벌써 십수 년이 지났고, 저 또한 40여 년 전에 대학교수를 시작했지만 지금도 그리 오래지 않은 과거로 느껴집니다. 그러므로 인생이 짧다고 느꼈다면 '지금'을 어떻게 보내야 되는지에 대한 교훈을 얻으라는 뜻에서, 하루와 백년 혹은 평생을 대비시켜 강조하는 것입니다.

저는 학생들에게 열정이 우리 인생에 얼마나 중요한 것인지 강조합니다. 그런데 흔히 열정과 욕심을 혼동하는 경우가 많습니다. 열정은 굳이 성공을 추구하지 않는다 하더라도 삶을 보람되고 풍부하게 하는 필수적인 조건입니다. 그러나 끝이 없는 욕심은 욕망의 노예가 되어 삶을 파멸로 이끌 수 있습니다.

욕심을 내려놓는다는 것은 말처럼 쉽지 않습니다. 그리고 설령 내려놓는다 할지라도 그 이후에 많은 숙제와 다양한 도전들이 만만치 않게 도사리고 있습니다. 그래도 먼저 욕심을 내려놓아야 눈이 열려 다양한 것을 볼 수 있고, 어떻게 살아야 진정으로 행복한지도 알 수 있습니다.

누가 무엇이라 해도 인간은 외로운 존재입니다. 일본의 나츠메 소세키는 《마음》이라는 소설에서 이렇게 말합니다.

"자유와 자아로 가득한 시대에 태어난 우리는 그 대가로 모두 외로움을 맛볼 수밖에 없네."

짧지만 의미 있는 표현입니다. 버트런드 러셀은 "인간은 외롭기 때문에 그것을 극복하기 위해서 사랑을 한다."고 했습니다. 인간에 대한 사랑이 아니더라도 자기가 하는 일에 보람을 느끼면 외로움을 덜 느낄 수 있을 것입니다. 그러면서도 인간은 순간순간 고독한 결정을 내려야 하고 그 결정에 스스로 책임을 져야 합니다.

교실이라는 공간에서는 학생들에게 차마 설명하기 어려운 부분이 있습니다. 그것은 '세속적인 삶'에서 정의가 반드시 이기는 것인가, 하는 문제입니다. '정의가 승리할 것이다.' '불의를 저지르면 필경 망한다.'는 경구가 엄연히 존재함에도 부도덕하고 불의를 자행한 사람이 죽을 때까지 부와 권력을 누리는 것을 저는 많이 보아왔습니다.

또한 세월호 사고나 민간 비행기 격추 사고에서처럼 착하고 옳은 일만 하고 살아온 많은 사람이 아무런 잘못 없이 목숨을 잃는 것은 무엇으로 설명할 수 있을까요? '세속적인 삶' 내에서는 정의가 이긴다는 확신을 갖기 어렵습니다.

정답이 없이 보이는 이 문제에 근사하게 답을 한 사람이 있습니다. 유태인 강제수용소 아우슈비츠에 갇혔다가 살아남은 빅터 프랭클입니다. 그에 의하면 인생이란 "인생 쪽에서 던져오는 다양한 물음에 대해 내가 하나하나 답해 가는 것"이라고 합니다. 저 역시 저에게 부여된 일의 하나하나에 답을 하다 보니 하루가 지나고 일주일이 지나갑니다. 이러한 나날이 쌓여 인생을 이룬다고 생각하니 오늘따라 유장한 햇살이 눈이 시립니다.

미안, 네가
천사인 줄 몰랐어

어느 젊은 목사님이 설교 준비를 하면서 농담 반 진담 반으로 4살 된 딸에게 물었습니다

"아빠가 설교를 해야 되는데 어떤 내용으로 할까?"

그런데 이 딸이 즉각 대답을 했습니다.

"서로 인형을 만들어주라고 해."

목사님은 다시 물었습니다.

"참 좋은 생각인데 아빠는 설교를 아이들이 아니라 어른들한테 해야 되거든. 그것 말고 어떤 말을 해줄 수 있을까?"

그러자 이 아이는 연달아 생각을 쏟아냈습니다.

"서로 사랑하라고 해. 서로 책을 읽어주라고 해. 서로 가진 것을 나

누라고 해. 서로 선물을 주라고 해.”

목사님은 어린 딸이 말해준 대로 설교를 하여 훌륭한 내용을 전할 수 있었다고 합니다.

이 아이가 준 메시지는 명확합니다. ‘서로’라는 표현을 반복해서 사용했습니다. ‘서로’에 대한 의식이 분명한 것이겠죠.

위 이야기의 주인공인 목사님은 저도 개인적으로 잘 아는 분입니다. 아버지가 한국인이고 어머니가 미국인인, 그래서《한국인으로 살아 온 미국인 엄마 이야기》라는 책을 쓴 적도 있고 현재 발달 장애 학생들의 모임인 ‘아름다운 도전’의 홍보대사를 맡고 있는 김요한 목사입니다. 평소에 아이들을 사랑하고 아이들의 말이나 행동에 자상하게 귀를 기울이는 분으로, 그분이 쓴 또 다른 책《어린아이처럼》은 어른인 우리에게 많은 공감과 교훈을 주고 있습니다.

“아이에게 삶의 지혜를 빌리다”라는 부제가 달린 이 책은 무한한 상상력, 계산하지 않는 단순성, 작은 것에도 흥분하는 집중력, 끊임없이 질문하는 호기심, 겉과 속이 똑같은 투명성, 있는 그대로 말하는 냉정함, 두려움을 모르는 용기, 자신감이 넘치는 여유로움, 우정을 생명처럼 여기는 공동체 의식, 몸으로 사랑하는 포용력 등 아이들의 특징을 35개의 법칙으로 구분하고 있습니다.

사실 우리가 조금만 관심을 가지고 지켜본다면 어린아이들로부터 배울 수 있는 크고 작은 교훈들이 많습니다.

"아이들은 상대적으로 생각이 자유롭다. 호기심도 많고 틀에 박혀 있지 않다. 아이들에겐 여유가 있고 웃음이 있고 생명이 느껴진다. 아이들에겐 미래가 있고, 부드러움이 있고, 유연함이 있다. 물론 어린아이들은 지극히 연약하지만, 그 연약함이나 한계는 오히려 우리에게 가장 훌륭한 선생님이 될 수 있다고 나는 믿는다."

저도 젊은 시절에는 내 자식들만 눈에 들어왔는데 이제는 거리나 공공장소에서 아이들을 만나면 모두가 귀엽습니다. 실제로 하지는 않지만 마음 같아서는 말을 걸고 싶고, 머리를 쓰다듬어주고 싶습니다. 그래서 언젠가 이런 아이들을 보며 시 한 편을 썼습니다.

해맑은 웃음소리
보드라운 살결
띄엄띄엄 어눌한 말이 향기롭다
뒤뚱뒤뚱 걷는 모습
작은 가슴에 담은 파릇파릇한 생각을
하나하나 쏟아내는 표정도
입 삐죽삐죽 속상해하는 눈빛도 귀엽다
엄마 얼굴에 볼 부비며 맑은 소리 내고
아빠 좋아 안고 뒹굴며 지르는 환호성
속눈썹 드러내며 잠든 평온한 숨결은

천상에서 최고의 소리다

그 향기를 어느 꽃에 비길까

아름다운 그 모습 어느 화가가 그려낼까

천상의 그 소리 어느 악기 있어 표현할까

무구(無垢)한 모습에 기쁨 이기지 못하고

이 순간을 영원히 잡아두고 싶다

이 땅 위의 천국에 영원히 머물고 싶다

    중학교 때 저희 반 담임 선생님은 급훈(級訓)을 '동심(童心)'이라고 정했습니다. 그 당시는 그 뜻을 잘 이해할 수 없었는데, 이제는 알 것 같습니다. 어른이 되어도 어린아이 같은 마음을 간직하고 살면 얼마나 행복할까요. 시한부 인생을 선고받은 후 《마지막 강의》를 담은 동영상을 통해 세계인의 심금을 울린 랜디 포시 교수는 동심을 간직하기 위해서 항상 윗저고리 포켓에 크레용을 넣고 다니며 그 냄새를 맡았다고 합니다. 알면 알수록 아름답고 신비스러운 동심의 세계는 아이들이 어른에게 준 선물입니다.

누군가의 도움으로
우리는 나아간다

제가 차인홍 교수를 처음 만난 것은 90년대 초반, 임명직 시장 때였습니다. 당시 차인홍 교수는 대전시립교향악단의 악장이었습니다. 이후 차 교수는 미국에서 박사학위를 받고 오하이오주 라이트 주립대학 음대 교수가 되었고, 이번에 잠시 귀국하여 오랜만에 이야기를 나눌 수 있었습니다.

휠체어 장애인인 차인홍 교수는 대전의 특수학교에서 초등학교 과정만 이수하였으나 현재는 미국에서 음악대학 교수로 재직하고 있습니다. 넉넉지 못한 가정에서 태어나 2살 때 소아마비를 앓은 뒤, 9살이 되던 해에 대전의 '성세재활원'에 들어갔습니다. 어느 날 한 유명 바이올리니스트가 우연히 재활원 앞을 지나가다가 목발을 짚거나 땅

바닥을 맨몸으로 구르며 천진하게 놀고 있는 장애 아이들의 모습을 보고 아이들에게 바이올린을 가르쳐 주겠다는 제안을 합니다. 이것이 차인홍 교수와 바이올린의 만남이었습니다. 그는 그때까지 바이올린이라는 악기를 알지 못했고 어떤 음악도 제대로 접해 본 적이 없었지만 악기 소리에 매료돼 연습에 참가했습니다.

"성공에 대한 강한 집념이 동기가 되어 바이올린 연습에 몰입한 것이 아니라 바이올린 소리가 좋았고, 그 악기가 내 손에 맞았으며, 그 소리 속에서 행복을 느꼈다."

차인홍 교수는 당시를 이렇게 회고했습니다. 그러나 바이올린 공부를 지속하지는 못했습니다. 재활원에서 기술연수생을 선발해 일본에 보내기로 했는데 당시 16세였던 차인홍 소년이 낙점된 것입니다. 일본에서의 1년간 연수를 받으며 목공소와 인쇄소 등에서 일했습니다.

당시, 한국에 비해 장애인 시설이 월등히 좋았던 일본에서의 생활은 신세계였습니다. 특히 장애인을 위한 운동시설이 놀라웠지요. 2살 때 소아마비가 되어 운동을 해 본 경험이 없었던 그는 좋은 시설에서 마음껏 운동을 했습니다. 퇴근 후 체육관에 가서 밤 11시까지 농구, 탁구, 양궁에 이르기까지 휠체어를 타고 할 수 있는 운동은 모두 섭렵했습니다. 운동을 하면서 자신의 운동 신경이 좋고, 운동에 재능이 있는 것을 알게 되었습니다. 연습과 훈련 6개월 만에 일본에서 열리는 아세아 · 태평양지역 장애인경기대회에 한국 대표로 출전하여 휠체어장애물경기, 800m 달리기, 소프트볼 던지기에서 각각 금·은·동메달을 수상하는 영예를 안았습니다. 이는 누가 보아도 초인적인 성과이지요.

1년 연수를 마치고 귀국 후 일본에서 일했던 경험을 바탕으로 한국에서 일자리를 찾아보았지만 당시 상황에서 장애인이 일자리를 찾기는 어려웠습니다. 실의에 빠져 있던 어느 날 지역의 한 음악가가 찾아와 그에게 재활원 출신 아이들 4명으로 현악 4중주단을 만들 것을 제안하였습니다. 그것을 계기로 '베데스다 4중주단'이 결성되었습니다. 이들은 연습할 장소가 없어서 각각 방과 부엌, 마당에서 연습을 했습니다. 하루에 10시간에서 15시간의 연습을 소화하였고 상당한 실력을 쌓아 연주회도 여러 번 하였으나 해체와 재결성을 반복했습니다. 이 베데스다 4중주단 활동을 계기로 그는 미국 유학길에 오르게 됩니다.

대학 입학은 상상도 못했던 상태에서 예전에 '그냥 봐 놓은' 대입검정고시로 학력도 인정받고, 미국의 신시내티 음대 학생 모집에서 실기 시험에 합격했습니다. 유학생활에는 당연히 경제적 어려움이 따랐지만 그때마다 우연찮게 도움을 주는 사람이 나타났습니다. 잠시 귀국하여 대전시립교향악단 악장으로 근무하다가 다시 미국으로 건너가서 박사학위를 받고 현 소속인 오하이오 라이트 주립대학 바이올린 교수로 채용되기까지의 모든 과정은 말 그대로 한 편의 드라마였습니다. 지금은 그 대학의 종신교수로서 강의에 열중하고 있으며 방학이 되면 연주회뿐만 아니라 교회 간증과 선교여행, 장애인 음악회 등의 일정으로 한국을 비롯한 동남아는 물론이고 유럽과 미국 전역을 돌며 활동하고 있습니다.

"그 누군가가 나의 앞뒤, 좌우에서 나와 함께 계셨기에 내가 여기까지 이를 수 있었다는 게 숨길 수 없는 사실이다."

이렇게 말하는 차인홍 교수에게 꿈을 물으면 그는 이렇게 답변합니다.

"세계 곳곳의 장애인 아이들이 모여 곳곳에서 오케스트라를 이루고, 그들이 마에스트로 하나님을 바라보며 연주함으로써 아름다운 앙상블을 낼 수 있도록 돕는 것입니다."

부디, 그의 앞길에 그리고 이 땅 모든 장애우들의 앞길에도 행복과 행운이 함께 하길 바랍니다.

변화를 희망한다면
먼저 실천하라

《작은 실천으로 세상을 바꾸는 법》을 쓴 존 폴 플린토프는 아래와 같은 설득력 있는 문제 제기를 하였습니다.

2009년 베를린 장벽 붕괴 20주년을 기념해서 세계의 지도자들이 청중들에게 연설을 하기 위해 독일 베를린으로 모여들었다. 그들은 베를린 장벽 붕괴를 위해 거의 한 일이 없었기 때문에 그 특별한 역사적 이벤트에서 공적을 차지하기 위해 참석한 것이었다. 사실 동베를린과 서베를린 사이의 장애물이 무너지게 된 것은 수많은 평범한 베를린 시민들이 아주 작은 행동을 했기 때문이었다.

이는 역사 발전에 대한 기존의 인식과 상이한 시각이기도 합니다. 아놀드 토인비는 그의 유명한 저서 《역사의 연구》에서 "역사는 많은 사람들에 의해 발전하는 것이 아니라 비전을 갖고 미래를 향해 직면한 시련을 이겨나가는 창조적 소수에 의해 새롭게 창조되어 간다."고 했고, 같은 맥락에서 영국의 역사학자 토머스 칼라일도 "세계의 역사는 위대한 인물의 전기"라고 말하였습니다.

그러나, 이러한 주류(?) 이론에 반해 톨스토이는 그의 작품 《전쟁과 평화》에서 이른바 '위대한 인물론'을 부정하였습니다. 위대한 인물들은 시대 흐름을 이용할 뿐이지 그 흐름을 만들지 못한다는 것이 그의 역사관이었습니다. 독일의 비스마르크도 톨스토이와 같은 역사관을 가져 "정치인은 대세를 만들지 못한다. 만들어진 대세를 이용할 뿐이다."라고 말했으며 로버트 케네디도 "역사의 흐름을 바꿀 만큼 위대한 사람은 거의 없다. 그렇지만 누구나 주변에서 일어나는 사소한 일들을 바꿀 수는 있다. 인간의 역사는 사소한 일들을 바꾸는 수없이 많은 용기와 믿음에 의해 이루어져 간다."고 했습니다.

각기 다른 역사관은 서로 보완적일 수 있으나 위대한 인물 주도의 역사관이 최근에 와서 점차 퇴색하고 있는 것은 사실입니다. 세상의 변화는 일상 속의 작고 단순한 변화들이 모여 이루어지는 것이지 하루아침에 바뀔 수는 없습니다. 작은 변화가 쌓이고 쌓여서 큰 변화를 일으키는 것입니다. 베를린 장벽도 플린토프의 지적대로 주민들이 무너뜨렸다고 볼 수 있습니다. 초소의 경비병들이 시민들의 자유로운 통행을 도왔고 수많은 평범한 시민들이 실천한 아주 작은 행동이 여기저기서 수시로 모이고 모여, 정치인들로 하여금 베를린 장벽을 붕괴시키는 결단을 내릴 수밖에 없도록 만든 것입니다.

어떻게 보면 결단이라기보다는 떠밀려서 이루어진 것이라고도 할 수 있습니다. 작고 아주 사소한 사건 하나가 나중에는 커다란 결과를 가져온다는 카오스 이론이나, 나비 한 마리가 저 멀리 어느 나라에서 파닥거린 날갯짓이 다른 나라에 폭풍우를 몰고 올 수 있다는 나비효과도 같은 맥락에서 이해할 수 있습니다.

우리나라에서도 언제부터인가 행정이나 기업 경영에서 변화와 혁신을 강조하고 있습니다. 물론 정부나 기업의 시도가 우리 사회에 영향력을 갖는 것은 사실이나, 사회 전반적인 변화를 일으키고 관행과 문화를 바꾸는 일은 국민 모두의 일상에서 출발해야 합니다. 우리 사회의 변화는 공무원을 비롯한 사회지도층의 기득권 내려놓기가 전제되어야 하지만, 기업 · 교육 · 종교 · 언론 등 여러 분야에서의 변화가 병행되어야 합니다.

국민들은 사회 여러 곳에서 불합리한 점을 발견했을 때 먼저 정부가 또는 국회가 정책화를 통해 시정하기를 희망합니다. 하지만 이러한 희망 이전에 일단 자신이 당장 할 수 있는 일을 실천하는 것이 더 빠르고 효과적입니다. 예를 들어 악덕기업이 있다고 합시다. 국민들은 그것을 규제하고 처벌하기 위한 정책과 법을 만들어 달라고 주문합니다. 당연히 이행해야 하지요. 그러나 그것을 인지한 개개인이 먼저 그 회사 상품을 구매하지 않으면 더 빨리 변화를 유도할 수 있습니다. 그러면 정부는 뒤늦게라도 그런 제도를 만들 것입니다.

  미국의 환경운동가인 레베카 솔닛의 경구를 음미할 필요가 있습니다.

  희망이란 소파에 앉아서 당첨되기만을 꿈꾸며 손에 꽉 쥐고 있는 복권이 아니다. 희망이란 문을 깨부수는 도끼이다. 희망은 행동을 필요로 한다.

  우리 국민 개개인이 먼저 일상에서 할 수 있는 일을 실천하고 행동해야 할 때입니다. 지난 2014년 우리 국민 모두가 가슴에 담았던 "미안합니다. 잊지 않겠습니다."라는 약속을 이행하기 위해서도 역시 마찬가지가 아닐까요.

불안은
욕망의 하녀다

요즘 주변에서 불안에 시달리는 사람들을 쉽게 봅니다. 그렇다면 우리는 왜 불안을 느낄까요? 많은 심리학자가 불안의 원인과 해소방법을 규명했지만 제가 접한 서적 중에서는 알랭 드 보통의 《불안》이 가장 두드러졌습니다. 《불안》에서 알랭 드 보통은 "불안은 욕망의 하녀다."고 전제하고 현대인이 느끼는 불안의 원인과 해법을 파헤쳤습니다.

불안이란 주제를 추적하기 위하여 그가 소설 형식이 아니라 철학 에세이 형태의 글쓰기를 선택한 것은 우연이 아니었을 것입니다. 그는 소설을 쓰든, 철학 에세이를 쓰든 일상에서 생겨나는 문제들을 합리적으로 해결하겠다는 지향점을 갖고 있습니다. 일상의 많은 부분을 차지하는 사회적 관계가 그의 사색의 대상이었지요.

알랭 드 보통에 의하면, 불안은 사회에서 제시한 성공의 이상에 부응하지 못할 위험에 처해 있거나, 그 결과 존엄을 잃고 존중받지 못할지도 모른다는 걱정에서 비롯된다고 합니다. 또한 현재 자기가 서 있는 사다리에서 너무 낮은 단계에 있거나 더 낮은 단계로 떨어질 수도 있다는 걱정 때문에 일어난다고 합니다. 뿐만 아니라 불황, 실업, 승진과 퇴직 등 미래에 일어날 수 있는 불행한 일에 대한 공포에서 연유할 수도 있고, 실패에서 굴욕감이 생겨 자신의 처지에 부끄러움을 느끼는 것도 불안의 감정과 연결된다고 합니다.

이러한 생각들이 불안을 일으키는 근본적인 원인으로 알랭 드 보통은 사랑 결핍, 속물근성, 기대, 능력주의, 불확실성을 지적하고 있습니다. 저는 이 중에서 속물근성에 관심이 가더군요.

속물근성이라는 말은 1820년대에 영국에서 처음으로 사용되었는데, 일반 학생을 귀족 자제와 구별하기 위해 이름 옆에 '작위가 없다'란 뜻으로 's. nob'로 표시한 것에서 어원을 찾고 있습니다. 그래서인지 속물의 일차적 관심은 권력이고, 권력의 변화에 따라 순식간에 존경의 대상과 정도가 바뀌곤 합니다. 이들은 돈과 명성 그리고 영향력을 갈망하고 있습니다. 이러한 심리의 배경을 윌리엄 제임스라는 심리학자는 "사회에서 밀려나 모든 구성원으로부터 완전히 무시를 당하는 것보다 더 잔인한 벌은 생각해 낼 수 없는 것"이라는 말로 설명했습니다. 가난이 낮은 지위에 대한 물질적 형벌이라면, 무시를 당하는 것은 지위를 확보하지 못한 사람에게 속물적인 세상이 내리는 감정적 형벌이 된다는 것입니다.

알랭 드 보통은 불안의 해소 방법으로 철학, 예술, 정치, 종교, 보헤미아 등을 들고 있는데, 저는 여기에 더해 불안을 없애기 위해서는 속물적 가치를 새로운 가치로 변화시키는 자기노력이 필요하다고 생각합니다. 세상에는 이야기를 나눌 가치도 없는 사람들이 들끓고 있습니다. 그들로부터 무시를 당했다 할지라도 위축되거나 상처받을 필요가 없습니다. 예술에 담긴 가치에 감동하고 공감한다면 실패의 결과에 대한 속물적 평가는 큰 의미가 없을 것입니다. 정치를 자세히 들여다본다면 지위 또는 권력이 우리의 '이상'을 충족시킬 수 없다는 것을 알 수 있습니다.

돈이나 지위에 대한 우리들의 걱정과 불안은 우리의 삶에서 아주 미미한 존재입니다. 이것을 인식하고 위대한 종교적 삶을 통해 마음의 평정을 찾아 보십시오. '퇴폐적', '방랑적' 속성 때문에 대부분의 사람이 보헤미아를 부정적으로 인식하고 있으나, 세속적인 성공이나 실패를 다른 각도로 바라본다는 점에서 의미가 있지 않나 생각합니다.

이렇듯 알랭 드 보통은 철학, 예술, 정치, 종교, 보헤미아에서 성공과 실패, 선과 악, 수치와 명예의 구분 자체를 유지하면서 무엇이 본질적 가치인지를 재규정하려 했습니다. 그러면서 그는 삶에서 성공을 거두는 데는 '판사나 의사'의 길만이 아닌 '하나 이상의 다른 길'이 있다는 점에서 위로와 확신을 얻을 수 있다고 했습니다.

《불안》을 들여다보면 '내 불안'의 근원적 실체에 닿게 됩니다. 불안이 어디서부터 비롯되었는지를 알게 되고 대처할 수 있게 되지요. 부지불식간에 너나없이 불안이라는 감정에 함몰되어 있는 것 같습니다. 그러나 그 와중에도 희망은 항상 우리 곁에 머물고 있음을 환기했으면 합니다. 잠시라도 내 몸과 마음을 잠식한 불안을 내몰아서 새로운 희망을 받아들이기 위하여 사랑으로 마중하는 것은 어떠하시겠습니까. 원하고 이루고자 하는 것에 어울리는 표정과 생각과 자세로 두근두근 연두빛 상상에 빠져보시는 것도 지친 마음에 활력이 될 것입니다.

한 가지
일에 집중하라

　복잡한 세상을 이기는 단순한 힘은 '한 가지'에 집중하는 것이라고 미국에서 가장 큰 투자회사를 일군 게리 켈러는 말합니다. 우리에게 주어진 시간과 에너지는 한정되어 있기 때문에 하나에 초점을 맞춰서 좁혀야만 확실한 성과를 거둘 수 있다는 것이지요. 일반적으로 하나의 일에만 모든 정신을 집중하면 큰 성공을 거둘 수 있으나, 성과가 들쭉날쭉할 때는 자신의 집중력이 여러 군데로 분산되어 있을 때라고 합니다.

　'한 가지' 효과는 도미노에 그대로 적용될 수 있습니다. 미국의 작가 BJ 쏜턴이 말한 대로 모든 위대한 변화는 차례로 쓰러지는 도미노처럼 시작됩니다. 단 하나, 그것도 제대로 된 하나가 움직이면 많은 것들을 연쇄적으로 쓰러뜨릴 수 있습니다. 하나의 도미노는 줄지어 선 다른 도미노를 쓰러뜨릴 뿐만 아니라 자기보다 훨씬 더 큰 것도 쓰러뜨릴 수 있습니다. 미국의 과학자 론 화이트헤드의 실험 결과, 한 개의 도미노는 자신보다 1.5배 큰 것도 넘어뜨릴 수 있는 힘을 가졌다고 합니다. 만일 첫 번째 도미노가 5cm이면 마지막 8번째 도미노는 거의 90cm가 되는 깃입니다.

이런 도미노 효과를 게리 켈러는 인생의 성공과 결부시켰습니다. 성공을 거두는 사람들은 매일 우선순위를 정하고 첫 번째 도미노 조각을 찾은 다음, 그것이 넘어질 때까지 있는 힘을 다해 내리치는 것입니다. 첫번째 도미노가 작고 시시해 보여도 상관없습니다. 큰 성공은 동시다발적으로 일어나는 것이 아니라 도미노가 넘어지듯이 순차적으로 일어나기 때문입니다. 시간이 흐르면서 이것들이 쌓이다 보면 성공의 잠재력이 봇물 터지듯 발산되는 것이지요.

샌더스 대령은 단 하나의 치킨 요리법으로 KFC를 시작했고, 맥주회사 쿠어스를 창업한 아돌프 쿠어스는 단 하나의 제품으로 20년간 1500%의 경이로운 성장세를 기록하였습니다. 〈스타워즈〉는 캐릭터 완구 등 관련 상품을 개발했지만 주종인 단 하나의 영화로 100억 달러에 달하는 수익을 올렸습니다. 애플도 단 하나의 힘을 유지시킨 완벽한 사례입니다. 애플의 단 하나는 맥 컴퓨터에서 아이맥, 아이튠즈, 아이팟, 아이폰을 거쳐 아이패드로 바뀌면서 한 번도 제품 생산을 중단하거나 세일 상품으로 전락하지도 않았습니다.

이 '한 가지' 또는 '단 하나' 효과는 사람과 원칙에서도 마찬가지입니다. 사람에게는 누구나 자신에게 최초로 영향을 끼치고, 자신을 훈련시키거나 관리해 준, 가장 중요한 단 한 사람이 있게 마련입니다. 알버트 아인슈타인에게는 최초의 멘토 막스 탈무드가 있었고, 오프라 윈프리는 비즈니스에 관해서라면 제프리 제이컵스 변호사를 전적으로 신뢰했으며, 존 레논에게는 마틴이 있었습니다.

'단 하나'의 원칙을 통해 훌륭한 삶을 사는 사람으로 빌 게이츠를 꼽는다 해도 누구도 이의를 달지 못할 것입니다. 고등학교에 다닐 때부터 그의 한 가지 열정은 컴퓨터였고, 그때 단 한 사람, 폴 앨런을 만났는데 그는 빌 게이츠에게 첫 일자리를 제공한 것은 물론 후에 마이크로소프트를 창립할 때 파트너가 되어 주었습니다. 빌 게이츠는 마이크로소프트에서 은퇴한 후 후계자로 대학교에서 만났던 단 한 사람인 스티브 발머를 선택했습니다. 발머는 빌 게이츠가 고용한 최초의 관리자였습니다.

일본의 장인 정신과 기업 문화는 어쩌면 위에서 예를 든 미국의 사례보다도 훨씬 더 깊은 역사를 가지고 있습니다. 가업을 물려받아 100년 넘게 이어가는 소기업이 많고 창업 400주년을 기념하는 도자기 회사가 있는가 하면 가나가와 현에는 25대째 700년이 넘게 칼을 만드는 회사도 있습니다. 단순히 가업을 물려받는다는 의미보다는 자신의 일에 최선을 다하는 장인 정신이 깊이 뿌리내려져 있는 것입니다.

우리나라에도 '한 우물을 파라'는 속담이 있습니다. 여기저기 기웃거리지 말고 한 가지 일에 몰두하면 성과를 거둘 수 있다는 뜻이 되겠지요. 한 가지에 집중한다는 것은 그만큼 대상에 확신을 가지고 깊이 몰입할 수 있다는 것입니다. 내가 푹 빠질 수 있는 한 가지는 무엇일까, 잠시 생각이 깊어집니다.

나에게 기쁨을 주는
일을 찾아라

미국 아마존 비즈니스분야 최장기 베스트셀러였던《나는 왜 이 일을 하는가?》의 저자 사이먼 사이넥은 '꿈꾸고 사랑하고 열렬히 행하고 성공하기 위하여' 일을 한다고 했습니다. 참 멋있고 의미 있는 말입니다. 그러나 우리나라 사람들에게 왜 이 일을 하냐고 질문하면 위와 같은 대답이 쉽게 나오지 않을 것 같습니다. 왜냐하면 우리는 어렸을 때부터 어른들로부터 '너는 커서 뭐가 될래?'라는 질문을 받아왔고 이로 인해 '왜?'라는 목적의식은 생략한 채 '뭐가 되는' 목표만 생각하면서 자랐기 때문이다.

그런데 요즘의 아이들은 많이 변한 것 같습니다. 중학교를 다니는 나의 친구 아들은 항공정비를 잘할 수 있을 것 같아 그 계통의 마이스터고로 진학하려 한다고 합니다. 집안 형편도 좋은 편이고 학교 성적도 상위권인데 자신이 하고 싶은 일을 위해 진학 방향을 결정한 것입니다. 내가 맡은 강좌의 수강생들에게도 매 학기 '나의 인생 설계'라는 과제를 주는데, 지금까지 250여 명의 대학생들이 제출한 내용을 보니 무조건 돈과 명성이 있는 직업만 찾는 것이 아니라 저마다 자신의 전공과 관련해서 다양한 일과 직업을 희망하고 있었습니다. 바람직한 변화라고 생각합니다.

로먼 크르즈나릭은 《일: 일에서 충만함을 찾는 법》에서 우리가 일하는 다섯 가지 이유로 첫째, 돈을 버는 것. 둘째, 사회적 지위를 획득하는 것. 셋째, 더 나은 세상을 만드는 데 기여하는 것. 넷째, 열정을 따르는 것. 다섯째, 재능을 활용하는 것을 제시합니다. 그러나 이러한 기준은 한 부분 생각해 보아야 합니다.

먼저 돈 때문에 직업을 선택하는 것은 너무도 당연하면서도 자연스러운 일일 수 있습니다. 그러나 높은 소득 수준과 행복 사이에 뚜렷한 상관관계가 존재하는 것은 아닙니다. 돈을 벌되, 돈을 버는 과정에서 또 그 번 돈으로 어떤 삶을 살아갈지를 먼저 생각할 필요가 있습니다.

둘째, 높은 사회적 지위가 자존감을 높여준다는 주장은 일단은 맞는 말입니다. 그러나 타인의 눈으로 자신을 판단하는 것이나 명성만을 좇는 것은 오히려 참 행복을 잃게 만들 수 있습니다. 타인이 나를 어떻게 생각하는지에 지나치게 신경을 쓰지 말고 '지위'가 아니라 '존경'을 얻어야 합니다. 사람들이 지위만 놓고 우러러보는 것이 아니라, 내가 그 직업을 통하여 쏟아 붓는 노력을 사람들이 알아주고 그 가치를 인정해 주는 것이 중요한 직업 선택의 기준이 되어야 합니다.

셋째, 역사에 남을 고결한 업적을 이루거나 세상을 바꿀 수 있는 일을 해낸다면 물론 큰 성취감을 느낄 것입니다. 그러나 세상을 바꾸고자 하는 사람이 봉착하는 어려움도 있습니다. 자신의 행동이 얼마나 세상에 영향력이 있는지 확인하기도 어렵고, 생각보다 달라지지 않는 세상의 모습에 좌절할 수도 있습니다.

천직은 자신의 재능과 세상의 필요가 교차하는 곳에 있지 않을까 합니다. 결론적으로 열정과 재능을 결합시키는 것이 직업 선택에서 최선일 터입니다. 호주에서 성장한 웨인 데이비스는 안정된 직업인 고등학교 과학 선생님이란 일터를 버리고 월급도 훨씬 적고 출근 시간만 3시간 이상 걸리는 테니스 보조 코치로 직장을 옮겼습니다. 어려움 속에서도 테니스에 인생을 걸고 밤낮없이 연습을 한 결과 마침내 실내 테니스 세계 챔피언이 될 수 있었습니다.

취업 시즌을 맞아, 취업을 희망하는 사람들이 나에게 기쁨을 줄 수 있고 내가 잘 할 수 있는 일을 찾을 수 있기를 희망해 봅니다.

나이는 세월이 아니라
자기 자신이 정한다

"나이는 못 속인다."는 말이 있고 "나이는 숫자에 불과하다."는 말도 있습니다. 둘 다 맞는 말이지요. 개인에 따라 세월을 거역하지 못하는 사람이 있는가 하면, 반대로 나이와는 상관없이 젊음을 유지하는 사람도 있기 때문입니다. 저는 오래전부터 "나이는 세월이 정하는 것이 아니라 자기 자신이 정한다."라고 말합니다.

나이의 기준은 젊음과 늙음, 건강과 체력, 또는 열정과 패기 등이라고 생각합니다. 예를 들어, 이제 갓 30세가 된 사람이 운동은 전혀 하지 않고 정크푸드를 즐기고 수시로 과식을 하면서 열정과 패기마저 없다면 그 사람의 신체적·정신적 나이는 60세, 70세도 될 수 있습니다. 그러나 반대로 70세인 사람이 열심히 운동을 하고 균형 있는 식사를 하며 항상 젊은 생각을 유지한다면 30세도 되고 40세도 되지 않을는지요. 그래서 "20세 얼굴은 하늘의 선물이고, 50세 얼굴은 자신의 공적이다."는 코코 샤넬의 말이 회자되고 있는 것이겠지요.

요즘에는 90세나 100세가 되어도 건강한 심신을 유지하는 분들을 여러 매체를 통해 자주 접합니다. 올해 96세인 김형석 교수님은 요즘도 자주 TV에 출연하여 대담도 하시고 최근에만 2권의 저서를 출판하였습니다. 외관상 20~30년은 젊어 보입니다. 말씀의 내용도 사회변화에 대한 진지한 성찰이 있으시고, 삶에서 가장 중요한 가치는 일과 사랑이라고 말씀하시는 등 열정을 느낄 수 있습니다. 우리 지역에도 90세에 가까우신 대학총장이 한 분 계십니다. 항상 뵐 때마다 느끼지만 늘 활기가 넘치십니다. 그리고 젊은 사람들 이상으로 활동하십니다. 혹자는 이 두 분을 예외적이라고 지적하실 수 있습니다. 그러나제 생각에는 누구나 두 분 같이 될 수 있습니다.

나이와 관계없이 튼튼한 체력과 젊은 생각을 유지하시는 분들에게는 공통점이 있습니다. 바로 좋은 생활습관을 규칙적이고 지속적으로 유지하는 것입니다. 현재 82세이지만 스스로 50대라고 자처하시는 이시형 박사는 "사람은 타고난 유전자로 마흔까지는 사나 그 이후는 제2유전자로 살아야 한다"고 했는데, 그 제2유전자가 바로 좋은 생활습관인 것입니다. 튼튼한 체력을 유지하기 위한 생활습관은 수없이 많고 각자 개인에 맞는 프로그램이 있겠지만 공통적인 것은 지속적인 운동과 균형 잡힌 식이요법이 아닐까요?

제 경우를 말씀드리면 매일 2만 보를 걷고, 집과 사무실에 10kg짜리 아령을 갖다 놓고 수시로 근육 운동을 하며, 또한 틈이 생기면 푸쉬업을 합니다. 이 정도의 운동은 일에 지장이 전혀 없으면서도 충분한 근육운동과 유산소운동이 되지요. 음식도 특별한 영양식을 먹는 게 아니라 흰쌀밥이나 밀가루 음식 대신 현미밥, 저지방·저염식, 살코기, 야채, 생선 등을 골고루 섭취합니다.

체력이나 건강만이 젊음의 척도가 아니라 '젊은 생각'도 중요합니다. 제가 보기에 젊음의 요건을 정확하게 묘사한 사람은 사무엘 올만으로 그의 시 《청춘》에서 "청춘이란 강인한 육신을 뜻하지 않고 풍부한 상상력, 왕성한 감수성, 의지력 그리고 인생의 깊은 샘에서 솟아나는 참신함을 뜻한다." 이렇게 끝을 맺고 있습니다.

"그대가 비록 젊더라도 그대가 기개를 잃고 정신이 냉소주의의 눈과 비관주의의 얼음으로 덮힐 때 그대는 스무 살이라도 늙은이네. 그러나 그대의 기개가 낙관주의의 파도를 잡고 있는 한 그대는 여든 살로도 청춘의 이름으로 죽을 수 있네."

제 생각에도 젊음은 어떤 시기가 아니라 어떤 마음을 뜻하는 게 분명합니다. 그러나 이렇게 말하는 저 자신도 스스로의 노력으로 '흐르는 물처럼 맑고 깨끗한 눈동자'를 유지할 수 있을는지, 푸른 하늘을 쳐다보며 겸연쩍게 웃어봅니다.

존엄성과 자기결정

우리에게 소설《리스본행 야간열차》로 유명한 페터 비에리는 소설에 머무르지 않고 인간의 정신세계와 철학적 인식에 관한 책 등, 인문 분야를 폭넓게 아우르는 저서를 출판했습니다. 우리나라에 소개된 책은《자기결정》과《삶의 격》이 있습니다. 앞의 소설과 두 권의 철학서적을 관통하는 개념은 '자기결정'과 인간의 '존엄성'입니다.

자기결정은 존엄성을 지키면서 행복하게 살아가기 위한 삶의 방식인데, 어떤 상황에 휩쓸리거나 타인에 휘둘리지 않고 모든 삶의 변곡점에서 어떻게 살아갈지를 스스로 결정할 때 행복해질 수 있다는 것입니다. 좀 더 구체화하면 자기결정은 자신이 누구인지, 어떤 사람인지에 대해 철저히 되묻는 자기 인식을 전제로 하며, 다양한 방면의 교양을 익혀 '자기 것'으로 만들어 문화적 정체성을 가꾸는 과정으로 이어집니다.

타고난 것들은 자신이 결정할 수 없지만, 이제부터 어떻게 살아갈지는 우리 스스로 결정할 수 있습니다. 페터 비에리는 자기결정을 하는 데 있어서 '규범과 독립성'을 강조합니다. 규범은 타인에 대한 배려 없이 자신의 이익만을 추구하려는 것은 안 된다는 것인데, 그런 맥락에서 규범이 없으면 존엄성도 행복도 얻을 수 없다는 것이지요. 독립성은 스스로에 대해 결정할 수 있는 능력을 말하는데 자신의 내면 세계에서 스스로 지휘하고 연출하는 능력을 말합니다.

그리고 '존엄성'은,《삶의 격》에서 주된 개념으로 다루어집니다. 인간의 가장 큰 정신적 자산은 존엄성이지만 삶 속에서 가장 위협받기 쉬운 가치이기도 합니다. 과연 어떻게 존엄성을 지키며 품격 있는 삶을 살아갈 것인가 하는 것이 작가의 주된 관심사입니다. 작가는 존엄이란 인간이 삶을 살아가는 특정한 방법을 말하는 것이며 이것은 사고와 경험, 행위의 틀이 되는 것이라고 설명합니다. 또한 존엄한 삶의 형태를 세 가지 차원으로 나누어 생각했는데 '남이 나를 어떻게 대하는가?, 나는 남을 어떻게 대하는가?, 나는 나에게 어떻게 대하는가?' 하는 세 가지 물음이 그것입니다.

내가 타인에게 어떤 취급을 받느냐 하는 것은 타인에게 달려 있지만, 내 품격을 스스로 지킬 때 타인도 나의 존엄성을 파괴할 수 없게 됩니다. 또한 내가 그들을 어떻게 대하느냐는 나의 생각과 태도에 따라서 결정됩니다. 그러니까 나의 존엄은 타인이 아니라 나 스스로가 정하는 것이 됩니다.

내가 나를 어떻게 대하느냐 하는 문제도 결정권은 나에게 있습니다. 그러나 이는 지켜진 존엄, 손상된 존엄, 잃어버린 존엄이라는 일상적 경험 안에서 서로 얽혀져 있으며, 특히 존엄성이 지켜지지 못할 위기 속에서는 더욱 복잡성을 띠고 있습니다. 우리가 우리 자신을 보는 태도는 타인을 보는 관점에 영향을 주고, 이것은 다시 타인이 우리의 존엄에 영향을 끼치는 범위와 정도에 큰 역할을 하게 되는 것입니다. 그래서 존엄이라는 것은 다층적인 구조를 가질 수밖에 없습니다.

이렇게 존엄성을 지키는 것은 나 스스로에 달렸다고 규정하면서도, 작가는 많은 사람들이 도덕적 의무감에서 자기 스스로를 소외시키기 때문에 자기결정권도 제한적일 수밖에 없다고 합니다.

하지만 존엄성은 자기 존중의 사고와 연관되므로 누구나 각자 스스로가 책임을 지는 감정과 행위가 필요하다고 강조하지요. 존엄성은 자기 존중의 사고이고 존엄성의 상실은 자기 결정의 상실과도 관련이 있는 것입니다.

페터 비에리는 다음과 같이 결론을 맺습니다.

"존엄성과 자유가 있는 삶 속에서, 나는 다른 방식이 아닌 내가 보는 바로 그 방식으로 이해한다."

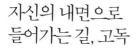

자신의 내면으로
들어가는 길, 고독

얼마 전에 처서가 지났으니 절기상으로는 가을입니다. 또한 아침 저녁으로 불어오는 시원한 바람이나, 하늘이 높아지는 것을 보면서 이미 몸은 마음보다 먼저 가을을 느낍니다. 사람들은 대체로 가을을 '고독하다, 외롭다, 쓸쓸하다'라고 합니다. 그런데 비슷한 것 같은 이 표현들을 각기 다른 의미가 있습니다.

고독은 홀로 있다는 점에서는 외로움과 같으나 능동적으로 홀로 있는 것이고, 외로움은 타인으로부터 소외된 공허한 감정을 일컫습니다. 쓸쓸하다는 감정은 고독과 외로움과 비슷하지만, '겨울 들판'을 표현할 때 쓸쓸하다 외에 고독하다거나 외롭다고 표현하는 것은 적절하지 않을 것입니다. 그래서 쓸쓸하다는 감정은 주체적 판단이라기보다는 분위기나 상태를 말하는 수사적 표현인 듯합니다.

　고독을 느끼는 심리적 배경은 부정적인 것으로부터 연유합니다. 강상중 교수는《살아야 하는 이유》에서 현대인들은 세련되게 교제하고 있지만 사실상 신뢰감이나 단란함, 따뜻한 사랑이 부족하고 자의식 과잉에 의한 긴장과 고독과 살벌한 느낌만 존재한다고 진단하고 있습니다. 그러니까 고독의 뿌리는 자유와 독립과 자아가 지나쳐 발생하는 심리상태인 것입니다. 그래서 항상 맞선 볼 때의 마음 자세로 다른 사람을 대하라는 경고가 나올 정도입니다.

　정신과 의사들은 '고독감'과 '고독력'을 구분하기도 합니다. 고독감은 수동적인 마음 상태지만 고독력은 능동적인 마음상태로, 고독을 이겨내는 힘을 말합니다. 이렇듯 고독을 얼마나 효과적으로 극복하고 활용하느냐에 따라 큰 정신적 힘이 될 수도 있다는 것이 많은 학자들의 공통된 주장입니다. 사이토 다카시는《혼자 있는 시간의 힘》을 통해서 "혼자 있는 시간에 느끼는 고독감"을 엄청난 에너지로 바꿀 수 있다고 주장하며 "혼자일 수 없다면 나아갈 수 없다."는 유명한 말을 남기기도 하였습니다.

　고독은 혼자만의 시간, 외로운 시간이지만 마음의 굴레를 벗어던지는 환골탈태의 과정이기도 하기에, 고독을 통하여 재생과 회복 그리고 창조의 원천을 만들 수 있습니다. 베토벤은 사흘 동안 골방에서 식음을 전폐하고 작곡에 몰두했습니다. 베토벤의 아름답고 감동적인 창작은 이런 고독 상태를 거쳐서 탄생한 것입니다.

이순신 장군의 시에서도 절절한 고독을 읽을 수 있습니다.

"한산섬 달 밝은 밤에 수루에 홀로 앉아 큰 칼을 만지면서 깊은 시름을 하는 차에 어디서 일성호가는 남의 애를 끊나니."

이 시를 통하여 우리는 이순신 장군의 고독한 심정을 쉽게 이해할 수 있습니다. 그러나 장군의 이와 같은 고독은 나아가 나라를 지켜냈습니다. 그래서 강한 사람이 고독하고, 고독한 사람이 위대하다는 말이 생겨난 것 같습니다.

소설가 원세훈 씨는 《고독의 힘》에서 "고독이란 거짓과 위선으로 가득 찬 관계에서 벗어나 자신만의 공간을 만들어 놓고 그곳으로 들어가는 일"이라고 했습니다. 마치 작가의 서재처럼, 화가의 화실처럼, 열심히 일하는 기술자들의 땀내 나는 작업장처럼, 졸음을 견디며 공부에 매달리는 학생의 공부방처럼 자신만의 치열한 내면공간을 만들어 보시라고 합니다.

베토벤이나 이순신 장군처럼 엄청난 창조로 인류에 크게 기여할 수는 없을지라도 나만의 내밀한 공간에서 진정한 고독의 힘을 맛보시라고 권해드리고 싶습니다.

카르페 디엠과
메멘토 모리

누군가에게 하루란 시간은 길지만 누군가에게 40년이나 80년의 인생은 짧을 수도 있습니다. 랩 가수 아이스티는 우리 인생을 "물 위로 잠깐 머리를 내밀어, 주변을 둘러보고, 다시 가라앉는 것"이라고 표현했습니다. 또한 췌장암에 걸려 6개월 시한부 삶을 살던 고(故) 랜디 포시 교수는 세 자녀에게 남긴 《마지막 강의》에서 "시간은 당신이 가진 전부이고 당신은 언젠가, 생각보다 시간이 얼마 남지 않았다는 것을 알게 될 것"이라고 말했습니다. 《뉴욕타임스》로부터 과거 1,000년 간 가장 탁월한 지도자로 선정된 영국 여왕 엘리자베스 1세도 마지막 유언에서 "내가 가진 모든 것은 아주 짧은 한 순간을 위한 것"이었다고 합니다.

우리의 인생은 짧고, 죽음이라는 운명을 피할 수가 없습니다. 그리고 생의 마지막 순간이 언제인지 미리 예측할 수 있는 것도 아닙니다. 그러나 막상 사람들은 자신의 삶이 영생할 것처럼 살고 있습니다. 오죽하면 인도의 고대 서사시에서도 "세상의 하고많은 놀랄 일 중에 가장 놀라운 일은 사람이 주변에서 죽어가는 것을 보면서도 자신은 죽지 않을 것이라고 믿는 것"이라고 할까요. 어쩌면 죽음에 대해 두려움 때문에 사람들이 죽음이나 죽음의 순간을 알려고 하지 않고, 죽음을 마주하지 않으려 하는 것일지도 모르지요.

하지만 사람은 결국 죽음에 적응하고 순응하면서 살게 됩니다. 젊었을 때는 죽는다는 것을 상상조차 하지 않지만 나이가 들어가면서 죽음을 생각하게 되고 주위에서 죽는 친구들을 보면서 서서히 받아들입니다. 결혼을 해서 첫 아이가 태어난 후 자신이 누구의 '아버지'라고 불리는 것이 처음엔 낯설지만 막상 아이 입에서 '아빠'라는 소리를 몇 번 들으면 자연스럽게 익숙해지듯이, 또 자식의 아이로부터 '할아버지'라고 불리는 소리가 낯설고 어색하지만 곧 익숙해지듯이, 죽음 역시 그렇게 익숙해지는지도 모릅니다.

살면서 언젠가는 오고야 말 죽음을 떠올리는 것은 현재를 좀 더 명확하게 함과 동시에 최선의 것으로 이끌 수 있습니다. 죽음은 추측이 아니라 사실입니다. 따라서 죽음을 생각하는 것은 삶을 경솔하게 낭비하지 말고, 삶을 존중하라는 역설적인 외침입니다.

삶과 죽음을 이야기하면 나는 '카르페 디엠'과 '메멘토 모리'를 떠올립니다. 고대 로마의 시인인 호라티우스가 외쳤던 "이 순간을 잡아라(carpe diem)."와 죽음을 경고하는 "죽음을 기억하라(Memento mori)."는 상충된 개념인 것 같지만 사실은 서로 통하는 말입니다. '우리는 어차피 죽을 수밖에 없으니 우쭐대지 말고, 너무 자신만만해 하지도 말며 지금 이 순간을 잡아라'는 뜻으로 이해하고 나의 삶을 경계하려고 합니다.

두려움 없이
세상을 즐겨라

　김병기 화백이 98세 때 국립현대미술관 과천관에서 '감각의 분할'
이라는 회고전을 열었습니다. 이에 82세인 제자 정상화 화백이 스승
을 찾아뵙고 환담을 나누던 중에 김 화백이 정 화백에게 이렇게 말했
다고 합니다.

　"자네는 참 좋은 나이야."

　그러면서 김 화백은 "나는 첫 전시회를 70세에 열었고, 80세에 파
리에 나가 있었으며, 80대에 중요한 일이 많았다."고 덧붙이셨습니
다. 올해 백수를 맞은 김병기 화백은 올해 5월 개인전을 열고, 해외
전시를 준비하는 등 활발하게 활동 중입니다

　한편, 철학자 김형석 교수님은 방송에 출연하여 지금 96세인데 앞

으로 2년을 더 일하고, 98세 되는 해에 사랑하는 짝을 찾아보겠다고 말씀하셨습니다. 농담처럼 들을 수 있으나 말씀하시는 김 교수님의 표정은 진지하셨습니다. 김 교수님은 오래전에 상처를 하시고 홀로 계셨는데, 지금은 일 때문에 사랑을 못 하니까 일을 마친 뒤에 사랑을 하고 싶다는 것입니다. 김 교수님은 인생에서 황금기를 60세에서 80세로 잡으며, 다시 인생을 출발해도 60세부터 하겠다고 하십니다. 60세 이전에는 진정한 의미의 행복이나 삶의 보람과 의미를 몰랐으나, 60세가 넘어서야 비로소 알게 되었다는 것입니다. 젊은 나이에 안 보이던 것이 지금은 보인다고 나이 듦을 예찬하십니다.

두 분의 공통점은 '일'이었습니다. 김병기 화백은 "나이, 나이 하는데 그건 중요하지 않아요. 중요한 건 지금 일을 할수 있다는 겁니다."라고 하셨으며, 김형석 교수님도 일을 사랑하는 것이 건강의 조건이며, 오래 살고 싶지는 않으나 오래 일을 하고 싶다고 하셨습니다. 그러면서 언제까지 사시는 것이 좋으시겠느냐는 질문에, 일을 하면서 남에게 도움을 줄 수 있을 때까지 살아야 한다고 하셨습니다.

두 분이 말씀하시는 일이란 단순히 생산물을 내기 위한 것이 아닙니다. 생계수단으로써의 일도 아닐 것입니다. 일을 통해 자신의 존엄을 찾음과 동시에 '무엇을 하느냐'가 아니라 '어떻게 하느냐'를 중시하는 일일 것입니다.

두 분은 지금도 열심히 일을 하십니다. 김병기 화백은 새벽 2시까지 독서를 하고, 김형석 교수님은 일주일에 몇 번씩 전국을 다니시면서 강의를 하십니다. 또한 두 분은 사랑을 강조하십니다. 김병기 화백은 무엇을 하든지 철저하게 살고 적극적으로 사랑하라고 하십니다. 김형석 교수님은 인생을 '사랑이 있는 고생'이라고 하십니다. 두 분모두 일을 사랑하고, 현재에 집중하며, 뚜렷한 철학을 가지셨기 때문에 100세까지 건강하신 것 같습니다.

두 분의 경우만 본다면 나이 드는 것이 쇠퇴를 의미하는 것은 아닙니다. 오히려 강상중 교수는 《고민하는 힘》에서 노인들은 '교란하는 힘'을 가졌다고 말합니다. 지금까지 생산성이나 효율성, 젊음과 유용성을 중심으로 움직여진 사회를 바꿀 수 있는 힘을 가졌기 때문입니다.

인생 후반부에는 젊었을 때와는 확연히 다르게, 두려움 없이 세상을 즐겨야 합니다. 모르기 때문에 두렵지 않은 것이 아니라, 인생에 대해 다양하게 경험하고, 고민하고, 마음의 준비를 하였기 때문에 두렵지 않은 것입니다. 젊어야 '혁신'을 할 수 있다는 일반론을 뛰어넘어 고령자들이 품격 있고 의미 있는 문화를 만들어 내는 시대가 도래하고 있음을 예감합니다. 그래서 "나이 들수록 더 멋져질 수 있다."는 미국 영화배우 슈워제네거의 말에 공감합니다.

돕고자 하는 마음이 있기에
내일이 아름답다

봄이 올 때마다 꽃들은 천지에 화려한 귀환을 과시합니다. 봄꽃의 서막을 여는 산수유, 개나리, 매화, 목련이 누군가 부러 색색깔의 물감으로 채색이라도 한 듯 야트막한 산등성이와 도로변과 화단을 차례로 점령하고 있네요. 그리고 나면 봄꽃의 히로인이자 절정 격인 벚꽃이 팝콘 터지듯, 앞다투어 피어날 테지요. 거리에는 몇 년 전부터 봄이 오면 으레 버스커 버스커의 '벚꽃엔딩'이 감미롭게 흘러나옵니다. "알 수 없는 이 떨림과 둘이 걷는" 이 새 봄은 새로운 연애가 시작된 듯한 싱그러움과 두근거림, 달달함을 가득 머금고 우리 곁에 다가옵니다.

자전거 타기를 몹시 즐기던 어느 소설가가 말하기를 세상에는 두

부류의 사람이 있는데 '자전거를 타는 사람과 타지 않는 사람'이라고 하더군요. 그의 표현을 빌어 제 식으로 말하자면 세상에는 '걱정을 달고 사는 사람과 그렇지 않은 사람'이 존재합니다.

지금 불안과 걱정이 마음에 가득차 있다면 그런 허상일랑 봄바람에 날려 버리시기 바랍니다. 그 주된 내용은 건강과 돈 혹은 미래에 발생할 자녀의 장래 문제이거나 자신의 노후 문제이겠지요. 그러나 걱정하던 결과가 실제 일어나지 않을 확률이 더 높은데도 불구하고 걱정을 멈출 수 없는 게 더 문제입니다. 이는 현실을 바라보는 관점에서 비롯된다고 합니다. 세상을 보이는 그대로 믿지 않고 자신의 시각으로 재해석해서 허상을 믿어버리는 것입니다. 우리는 생각보다 많은 편견과 선입견에 둘러싸여 살고 있습니다.

저는 지금 이 순간, 무언가를 간절히 바라는 약자를 돕기 위하여 눈에 보이지 않는 선한 기운이 세상에서 움직이고 있다고 생각합니다. 자세히 표현하긴 힘들지만 저는 경험상 이것이 사실임을 알고 있습니다. 더욱이 이렇게 아름다운 봄에는 순하디 순한 솜사탕 같은 착한 마음이 절로 자라나 누군가를 돕고 싶어지지요. 나무들도 그런 마음으로 열심히 꽃을 피우는 것일 테니까요. 이렇게 내가 무엇을 할 수 있을까, 누구를 도울 수 있을까를 생각하다 보면 미래에 대한 막연한 불안과 걱정은 씻은 듯이 사라집니다.

사람이 가장 아름다운 순간은 타인을 위해 마음에서 우러나는 선한 행동을 할 때입니다. 그 순간, 사람은 가장 아름답지요. 우리 모두 지구별에 태어난 데에는 무언가 한 가지씩 사명이 주어졌을 거라 생각합니다. 그게 무언지 잘 알 수 없지만 어려운 사람들을 위해 기도하고 작은 사랑을 실천하다보면 찾아지지 않을까 하는 막연한 기대를 하고 있습니다.

"가장 빛나는 별은 아직 발견되지 않은 별이고 인생 최고의 날은 아직 살지 않은 날들이다."라고 토마스 바샵은 《파블로 이야기》에서 말했지요.

우리는 길을 가다가 아이가 넘어져서 울고 있으면 누구나 기꺼이 달려가 그 아이를 일으켜주고 옷을 털어주는 선한 존재들입니다. 또 조간신문의 선한 토막기사에도 왈칵 눈물을 쏟는 마음 약한 존재이기도 하지요. 이제 내 생의 절정기가 지났다고 의기소침하지 마시기 바랍니다. 서로 돕고 함께 웃으며 우리의 내일은 점점 더 좋아질 것이고, 인생 최고의 날은 아직 오지 않았으니까요.

천 천 히 , 천 천 히 걷 는 다

제2장 온 길을 돌아보며
갈 길을 생각한다

물러나는 것 자체가 모두 아름다운 것은 아닙니다.

그들이 정말로 아름다운 이유는, 정치인의 거취를 분명히 안다는 점

권력에 대한 미련을 버리고 정치적 욕망을 자제할 수 있다는 점

시대에 맞지 않으니 물러나겠다고 자신의 한계를 스스로 인정한다는 점

그리고 무엇보다도 자신에게 부여된 자리와 명예에 대해 감사하되

더 이상 자리를 이어가는 것은 욕심이라고 생각한, 그 결단 때문입니다.

이제 다시 시작입니다

연애에 빠진 시장

2014년 6월, 저는 민선 5기 대전시장의 임기를 마치고 퇴임했습니다. 짧게는 4년의 임기였지만 사실상 40년간의 공직생활을 마감하는 날이어서 저로서는 감회가 남달랐습니다.

공직을 마감한 선배로서 공무원들께 들려주고 싶은 이야기가 있습니다. 저는 제 인생에서 절반도 넘는 40여 년이라는 시간을 공직생활에 바쳤습니다. 따라서 제 삶은 다분히 국가와 국민, 그리고 시대적 요청에 순응해온 삶이라고 할 수 있습니다. 그러나 그 속에서 새롭고 효율적인 일과 삶의 방식을 늘 모색해왔습니다. 그게 가능할 수 있었던 건 '사랑' 때문이었습니다. 공직자는 연애하는 심정으로 국민을 만나야 하고 특히 사회적 약자를 살펴야 한다고 생각합니다. 연애할 때는 상대가 좀 무리한 부탁을 해도 바로 거부하지 않듯이, 국민의 요구를 들어주기 위해 백방으로 노력해야 합니다. 이러한 내용을 엮어 언젠가 《연애에 빠진 시장》이라는 제목의 책을 낸 적도 있지만 이는 공직생활 동안의 제 철학이기도 했습니다.

그리고 무엇보다 상대방의 입장에 서려고 노력했습니다. 동료들보다 상대적으로 열악한 학창시절을 보내고 공직사회에 발을 니닌 저로서는 자연스레 상대방의 처지를 헤아려 돕고 싶은 마음이 강했습니다. 우리가 체험으로 알 수 있는 것은 제한적이므로, 상대를 더 잘 이해하기 위해 독서와 사색을 통해 인식과 사고의 지평을 넓혀가려는 노력도 게을리하지 않았습니다.

마지막으로 체력을 키우고 부지런하려고 노력했습니다. 이제는 습관이 되었지만, 새벽 5시에 기상해서 조간신문을 훑고 운동을 한 후에 맑은 정신으로 일찍 출근하는 습관은 결코 하루아침에 이루어지지 않습니다. 이루고자 하는 간절한 목표가 있어야만 가능하다고 생각합니다. 그러나 자칫하면 남다른 근면이 주변을 불편하게 하는 부작용이 따른다는 점은 귀띔해드리고 싶습니다.

이 모든 노력의 결과로 좋은 미래를 꿈꾸기보다는 좋은 과거를 축적한 것에 감사하는 마음가짐 또한 필요합니다. 너무 큰 기대는 항상 그만한 실망을 불러오기 때문입니다.

노파심에서 하나 더 첨언하자면, 공직을 수행하는 일은 때로 열정만으로 해결되지 않습니다. 그럴 때 저의 경우에는 링컨 대통령, 세종대왕, 법정스님, 김수환 추기경, 공자와 맹자, 티베트의 고승 등 동서고금을 막론한 역사 속의 선현들로부터 답을 구했습니다. 그들은 최선의 답을 해주었고 그 답은 항상 옳았습니다. 안타깝게도 최근 많은 국민께서 공무원에 대한 실망감을 표출했고 이로 인해 공무원 사회의 사기가 무척 떨어진 듯합니다. 그러나 이런 때일수록 국민의 질책을 마음에 새기고 자신을 다잡아 묵묵히 맡은 바 공무에 매진했으면 합니다.

저는 20여 년을 대전에서 공직자로 때로 시민의 한 사람으로 살았습니다. 비록 대전에서 태어나지는 않았지만 고교시절부터 저를 품어준 대전을 사랑했으며, 1993년 임명직 시장으로 다시 대전에 돌아온 후 제가 사랑하는 도시를 위해 민선 시장으로 두 번이나 일할 수 있는 행운이 주어졌고, 이 외에도 대전과 관련된 여러 일을 하는 동안 20여 년이 쏜살같이 흘러갔습니다. 돌이켜보면 저에게 시장이라는 자리는 일이라기보다는 삶 그 자체였습니다. 또한 영혼을 맑게 닦아 주고 삶의 가치를 발견하는 하나의 수행(修行)과도 같은 것이었습니다.

대전에서 보낸 20년은 행복했습니다. 그리고 아름다웠습니다. 거기에는 세월의 향기가 배어 있기 때문입니다. 시민들과 더불어 울고 웃으며 인간적으로도 한층 더 성숙할 수 있었습니다. 저는 대전 토박이 못잖게 대전의 길과 강과 산을 속속들이 알고 있으며 마을과 집과 그 집에 사는 사람의 마음까지 알고 있습니다. 하여, 저는 대전을 떠날 수가 없습니다. 나무가 나이테를 안으로 새기듯, 제 마음 중심에 그간의 추억이 켜켜이 새겨져 있기 때문입니다.

마지막 임기 4년은 제 삶에서 가장 뜻깊은 시간이었습니다. 대전을 위한 제 소명을 다하고 명예로운 마무리를 위해 노력했습니다. 무엇보다 대전이 국토의 중심에서 핵심적인 역할을 할 수 있기를 바랐습니다. 그런 의미에서 특히, 국제과학비즈니스벨트 거점지구 선정과 엑스포과학공원 재창조사업의 가시화, 사회적 자본 확충 등에는 제 스스로도 보람을 느끼고 있습니다. 물론 아직 더 채워야 할 것이 많다는 것을 압니다만, 앞으로는 저보다 더 훌륭하신 후임 시장들께서 그 역할을 더 잘 담당할 것입니다.

석별의 아쉬움이 아주 없는 것은 아니지만, 그보다는 공직생활을 마감하고 벌어질 새로운 생활을 기대하고 있습니다. 지금까지는 '시장'이라는 직함으로 시민들을 만났지만, 앞으로는 누굴 만나던 개인과 개인의 만남이 될 터이고 상대방의 삶에 더 가까이 다가갈 수 있게 될 것입니다. 그러다 보면 지금껏 쌓아온 많은 분들과의 추억이 다시 제 미래를 이끌어 주리라 믿습니다.

리더의 자세

공직생활을 마감하면서 리더십에 대해 복기(復碁)를 해 봅니다. 그 동안 저의 경험에 비추어보면 바람직한 리더십은 리더의 언행이 구성원의 공감을 얻고, 조직에 대한 비전과 자부심을 갖게 만들며, 구성원 상호간에 연대감을 갖게 하는 것입니다. 훌륭한 리더는 구성원을 진심으로 아껴야 하고 구성원 하나하나가 자신의 가족이라고 생각해야 합니다. 그리고 리더는 구성원을 보호해줘야 하고 책임질 줄 알아야 합니다. 그럴 때 구성원은 서로를 보호하고 조직의 발전을 위해 최선을 다할 수 있습니다.

대부분의 리더는 구성원보다 더 많은 정보를 가지고 있으며 조직의 발전을 위한 방법도 어느 정도 알고 있습니다. 그러나 그것을 지나치게 내세우거나 표시 나게 해서는 안 됩니다. 알아도 모르는 체하여 구성원 스스로 수행할 수 있도록 기회와 동기를 부여해야 합니다. 리더 자신이 안다는 것을 너무 강조하면 구성원은 리더에 의존하게 되고 조직이 경직됩니다.

뿐만 아니라 리더는 솔선수범해야 합니다. 자신의 이익보다 동료의 이익을 먼저 챙겨야 합니다. 이런 경험을 통해 리더와 구성원간의 신뢰가 형성될 때 구성원은 매사에 최선을 다하고 자신을 희생할 수 있습니다. 리더가 나를 위해 무엇이든지 해줄 수 있다고 생각하면 자신도 리더와 조직을 위해 모든 것을 바칠 수 있는 것입니다.

한편, 누구를 리더라고 불러야 할지 범위와 개념을 생각하지 않을 수 없습니다. 얼핏 리더는 대통령이나 장군, 국회의원이나 CEO를 생각하기 쉬우나 사실상 리더는 우리 주위 모든 곳에 있습니다. 소규모지만 팀 분위기를 바꾸려고 노력하는 팀장, 고객에게 제품을 판매하는 영업사원 그리고 자녀의 습관을 바꾸려는 어머니도 훌륭한 리더입니다. 따라서 진정한 리더십은 일터와 가정, 그리고 공동체에서 생활하는 순간순간 필요한 것입니다. 그래서 테오도르 루즈벨트 대통령은 리더를 현장에서 찾습니다. 얼굴이 먼지와 땀과 피로 얼룩진 사람, 용감하게 도전하는 사람, 가치 있는 목표달성을 위해 혼신의 힘을 다하는 사람들을 그는 리더라고 불렀습니다.

리더십을 이야기할 때 떠오르는 인물이 있습니다. 바로 링컨입니다. 링컨은 평범한 시골 농가에서 태어나 아버지로부터 학대에 가까운 대우를 받으며 자랐고 정규교육도 제대로 받지 못했습니다. 다만 어머니의 교육방침은 긍정적이었다고 합니다. 뿐만 아니라 링컨은 크고 작은 선거에서 무려 일곱 번이나 낙선했습니다. 두 번이나 사업에 실패해서 빚을 많이 졌습니다. 어렸을 때 어머니를 잃었고, 누나도 잃었고, 약혼자도 잃었고, 결혼해서는 두 아들마저 잃었습니다. 그러나 실패와 불행의 연속이었던 삶을 승리와 존경받는 삶으로 바꿔 놓았습니다. 이런 점 때문에 톨스토이는 링컨을 "예수의 축소판"이라고 극찬했으며 "인류 역사상 가장 위대한 성자로 영원히 기억할 것"이라고도 했습니다.

이렇게 링컨이 역사상 가장 존경받는 리더로 자리매김할 수 있었던 동인은 무엇일까요? 먼저 그의 겸손을 들 수 있습니다. 선거 유세 중 11살 된 어린이가 링컨에게 턱수염을 기르도록 제안했습니다. 링컨은 그 얘기를 진지하게 듣고 턱수염을 길렀습니다. 어린아이의 작은 말도 귀담아 듣는 인격의 바탕에는 섬세함과 겸손함이 자리하고 있었습니다. 다음으로 들 수 있는 것은 그의 관용과 포용정신입니다. 링컨에게는 변호사 시절부터 그를 무시하고 모욕하는 에드윈 스탠턴이라는 변호사가 있었습니다. 그런데 링컨은 대통령에 당선되자 당시로서는 가장 중요한 자리인 국방장관에 정적인 그를 임명했습니다. 참모들이 반대한 것은 당연하였지요. 참모들의 반대 건의를 듣고 링컨은 "그 사람이 나를 수백 번 무시한들 어떻습니까? 그는 사명감이 투철한 사람으로 국방장관을 할 충분한 자질이 있습니다. 그는 남북전쟁을 훌륭하게 극복할 수 있는 소신과 추진력을 갖춘 사람입니다."라고 대답했습니다.

결국, 스탠턴은 국방장관에 임명되었고 링컨과 힘을 합쳐 국난을 극복하고 많은 일을 해냈습니다. 당연히 스탠턴은 링컨을 가장 위대한 리더로 존경하게 되었습니다. 암살당한 링컨의 시신을 붙잡고 "여기 가장 위대한 사람이 누워 있습니다."라고 말하며 통곡하였습니다. 링컨은 '원수'를 죽여서 없앤 것이 아니라, 사랑으로 녹여서 자신을 가장 존경하는 최측근으로 만든 것입니다. 저는 링컨의 관용과 포용, 원수를 친구로 만드는 능력을 보면서 이것이야말로 참 리더십이라는 생각을 했습니다.

리더는 피라미드의 정점에 우뚝 서있는 사람이 아니라 많은 사람 가운데 함께 하면서 위와 아래, 좌우를 살피면서 구성원의 마음을 읽고 그 마음을 효과적으로 연결하는 열린 사람이어야 한다는 것이 제 '리더십론'의 결론입니다.

젊은이들에게
무엇을 말해야 할까

　공직에서 물러난 후 여러 대학에서 강의를 계속하며 학생들과의 만남을 이어가고 있습니다. 평소에도 이른바 삼포세대에 대한 애달픈 마음이 있었지만 막상 상심하는 젊은 세대를 직접 만나보니 애달픈 마음과 연민으로 가슴이 저립니다. 그것은 우리 세대의 어리석음과 탐욕 때문에 생겨난 상심이기 때문입니다.

　대학 강좌에서 제 전공이 아닌 교양과목을 택한 것은, 전공은 유능한 젊은 교수들이 맡으면 될 터이니 그래도 세상경험을 많이 한 사람으로서 젊은 세대에게 무언가 교훈을 줄 수 있다고 나름대로 생각하며, 설레는 마음으로 강의에 임했습니다. 하지만 지금, 강의를 잘 들어주는 학생들께 고마운 마음이지만, 저 자신은 예상치 못한 갈등을 겨고 있습니다.

　학생들에게 "정의가 승리한다."고 말하지만 과연 현실 사회에서 정의가 이기고 있는가, 저부터 의문을 갖게 됩니다. 위장과 위선에 뛰어난 가짜들이 진짜보다 더 진짜처럼 박수를 받으며 행세합니다. 물론 대부분 그 실체가 드러날 테지만, 죽을 때까지 위선이 밝혀지지 않는 현실도 목도하고 있습니다.

　"취업에 얽매이지 말고 학교 수업에 충실하면서 많은 시간을 고전 읽기나 취미생활에 힘쓰라."고 학생들에게 말하지만 저 자신도 확신이 서지 않습니다. 원론적으로는 맞는 말이지만 성과주의 사회의 초경쟁 속에서 스펙보다는 전인(全人)이 되라고 '한가한' 얘기를 하는 것이 학생들에게 과연 도움이 될 수 있을지 의문입니다.

　"기본적인 의식주가 충족되지 않는 경우를 제외하고는 물질적 부와 행복 사이에 거의 상관관계를 찾을 수 없다."고 말합니다. 실제 학자들의 많은 연구에서 물질과 행복은 비례하지 않는다는 것을 밝혀내고 있습니다. 그러나 문화적 배경이 각기 다른 모든 나라에 그 가설의 일반화가 가능할까요? 우리나라 사람들은 습관적으로 자신을 다른 사람과 비교합니다. 각자 자기 몫의 삶이 있는데 남과 비교하면서 스스로의 기를 죽이고 불행하다 느끼고 시기심과 질투심으로 자신의 마음을 불안하게 합니다. 물질에 초연하는 것은 상당히 수양이 되지 않으면 해내기 어려운 일입니다.

"용서하라. 용서는 자기 자신을 위해 하는 것이다. 과거에 사로잡히면 현재와 미래를 열 수 없다."고 말합니다. 혜민 스님은 상대가 아닌 나를 위해서, 정말로 철저하게 나를 위해서 상대를 용서하라고 했고, 법정 스님은 남을 용서함으로써 나 자신이 용서 받는다고 했습니다. 달라이 라마는 용서를 해야 행복해지고 그 용서는 조건 없이 행해져야 한다고 말씀하십니다. 물론 저도 현명한 사람은 용서를 서둘러야 한다고 강조합니다. 그러나 한편으론 억울한 일을 당하고 나서 없던 일로 잊어버리는 것, 또는 부당한 일을 애써 좋게 봐주는 것이 과연 진정한 용서일까요? 성급한 용서는 가해자에게 참회할 기회를 빼앗기 때문에 또 다시 가해가 일어나도록 조장하는 것은 아닌지 의문이 듭니다.

"천직이란 찾는 것이 아니라 키워나가는 것이다."라고 말하면서 "타인이 나를 어떻게 생각하는지에 지나치게 신경을 쓰지 말고 지위가 아니라 존경을 얻어야 한다."고 강조합니다. 직업에서의 성취감은 높은 지위에서 오는 것이 아니라 자신이 일에 쏟아 붓는 노력을 사람들이 감사하게 여기고 가치를 인정해 주는 것이라고 합니다. 맞는 말입니다. 그러나 다른 사람들이 하찮게 여기는 일을 하면서 진정으로 성취감을 얻을 수 있을까요? 자신은 극복할 수 있다고 하더라도 가족이나 주위의 사람들을 설득할 수 있을까요?

이처럼 이상과 현실의 괴리가 있음에도, 학생들에게는 당위성만을 강조하는 데서 허허한 느낌을 받는 것은 사실입니다. 그렇다고 해서 함부로 삿된 현실을 말할 생각도 없습니다. 순수한 이상과 원칙이야 말로 편법과 야바위에 맞서기 위해 우리가 지켜야 할 최후의 보루일 것이라 생각하며 고리타분한 강의를 이어갈 것입니다.

불의에 대한 저항은
다른 이에게 영감을 준다

모든 사람으로부터 선망의 대상이었던 재벌 3세 경영인이 하루아침에 악의 화신처럼 되어버린 사건이 있었습니다. 평소 저는 문제를 일으킨 3세 경영인에 대해 호의적인 생각을 가졌었지요. 그와는 일면식도 없었고, 그에 대한 정보도 극히 제한적이었으나 언론을 통하여 귀동냥한 그의 인상은 대체로 긍정적이었습니다. 이번 사건이 발생하기 바로 직전까지만 해도 여러 언론매체에서 그가 패션과 예술, 와인 등에 조예가 깊은 인사로 소개했고 회사에서는 다양한 변화와 혁신을 주도하고 있었습니다. 차세대 리더로 귀감이 되는 인물이었습니다.

처음 이 사건을 언론매체를 통해 접한 직후에, 저는 오히려 그를 좋

은 쪽으로 이해하려고 노력했습니다. '돌출 행동을 했으나 혁신과 창
조적 마인드를 가졌을지도 모른다, 스티브 잡스도 성격은 괴팍했다
지만 혁신을 통해 엄청난 성과를 이뤄내지 않았던가.' 등등의 변호하
는 마음을 가지기도 했습니다. 그러나 사건의 시말을 살펴보면서 '이
건 아니다, 어떤 명분으로도 그가 한 행동은 용서받을 수 없다.'는 쪽
으로 확신을 갖게 되었습니다.

왜냐하면 이 사건의 핵심 본질은 지위고하를 불문하고 한 인간을
심하게 모욕하고 경멸하여 인격살인을 했다는 데 있었기 때문입니다.

"그 모욕감과 인간적인 치욕은 겪어 보지 않은 분은 모릅니다."

언론과의 인터뷰에서 모욕을 당한 당사자가 한 말입니다. 사회학
자 김찬호 교수는 모멸감이란 "나의 존재가치가 부정당하거나 격하
될 때 갖는 괴로운 감정"이라고 합니다. 또한, 모멸감은 인간이 모든
것을 다 포기하고 내준다 해도 반드시 지키려는 그 무엇, 사람이 사
람으로 존립할 수 있는 원초적 토대를 짓밟는 것이라고 했습니다. 수
치심은 "죽음과 가장 가까운 상태"라는 것을 상기할 때, 이번 사건은
당연히 그 어떤 물리적 폭력보다도 당사자에게는 훨씬 치명적인 것
입니다.

그렇다면 왜 이런 일이 일어날 수 있었을까요?

이러한 일이 발생하는 저변에는 우리나라의 특권 계급, 즉 '슈퍼
갑'들의 태도 문제가 있습니다. 그들은 자신들이 누리고 있는 특권은

자신들의 특수한 역할에 대한 사회의 정당한 보상이라고 생각합니다. 우리사회에서 일부 특권 계급은 철저한 서열의식과 귀천 관념, 그리고 자기보다 약한 사람을 짓밟는 심리를 가지고 있으며, 오만이나 교만 의식이 체질화되어 있습니다. 그러나 그 누구도, 어떤 명분으로도, 다른 사람의 존엄성을 훼손할 권리는 없습니다.

미국의 대표적인 신학자 라인홀드 니버는 죄의 기본 형태는 '교만'과 '육욕'인데, 오히려 교만은 육욕보다 더 근본적인 죄라고 했습니다. 그에 의하면 교만에는 네 가지 형태가 있는데, 권력적 교만, 지적 교만, 도덕적 교만 그리고 정신적 교만이 그것입니다. 이번에 사고를 일으킨 재벌 3세 경영인뿐만 아니라 많은 특권계급이 저지르는 교만은 권력적 교만입니다. 자신이 가지고 있는 힘, 즉 권력의 유한성을 인정하지 않고 있기 때문입니다.

이러한 잘못된 관행은 당장 바뀌어야 합니다. 그러기 위해서는 '갑'들의 '부당한' 요구에 대한 불복종 태도가 해답입니다. 물론 단기적으로는 불이익이 있을 수 있고 개인이 감당하기에는 많은 어려움이 있지만, 불의에 대한 아주 작은 저항일지라도 다른 사람에게 영감을 줄 수 있고, 이러한 작은 변화가 시도되어 모아진다면 세상을 바꿀 수도 있습니다.

일찍이 간디는 개인이든 집단이든 불의에 대한 복종과 타협을 변화시키기 위한 필요조건으로 첫째, 수동적 복종에서 자기 존중과 용기로의 정신적 변화, 둘째, 자신의 협조가 잘못된 관행을 유지시킨다는 주체적 인식, 셋째, 불의에 대한 복종과 타협을 멈출 의지를 들었습니다. 이것은 체제나 기존 질서에 대한 비판이나 저항이 아니라, 부당함과 불의를 시정하기 위한 용기를 의미합니다. 결국 역사의 변화란 평범한 개인들이 일상적으로 행하는 작은 일들이 한곳에 결집함으로써 이루어지는 것일 테니까요.

정상성 회복은 적폐를
과감하게 혁파할 때 가능하다

저의 민·관선 대전광역시장 10년 재임 중 보람 있던 일 가운데 하나를 찾으라면 '시장 관사 반납'을 꼽지 않을 수 없습니다. 20년간 존속해온 시장 관사를 민선 3기 대전시장으로 취임하자마자 반납했고, 반납된 관사는 다음해 봄 저소득층과 맞벌이 가정 아이들을 위한 시립 어린이집으로 거듭났습니다. 그러나 이 글은 제 이야기를 하고자 함이 아닙니다.

관사(官舍)는 관아(官衙)에서 공간적·기능적으로 분리돼 주로 시·도지사의 거주 및 내·외빈 접대, 기관장들의 친목도모 공간으로 활용합니다. 2000년을 전후로 많이 줄어들었다지만 2014년 기준, 전국 광역자치단체 가운데 대전·울산·대구를 제외한 14개 시·도에서 관사를 운영하고 있습니다. 여기에 기초 및 기타 단체장 관사까지 포함하면 총 80여 개에 이른다는 것이 안전행정부의 집계입니다.

그러면 민선 시·도지사 6기를 맞는 요즈음에도 관사 운영 제도가 필요할까요? 먼저, 관사의 고유 기능이 많이 축소되었습니다. 내·외빈의 접대와 기관장 등의 친목도모를 위한 연회가 관사의 주요 기능입니다. 그런데 요즘엔 관사보다 훨씬 좋은 시설을 갖춘 호텔이나 식당이 많이 생겼고, 실제로 관사가 있는 시도지사들도 대부분 이 시설들을 이용합니다. 또 예전에 관사는 제2의 업무공간으로 인식되었으나 요즘엔 기능이 매우 좋은 휴대용 컴퓨터와 스마트폰이 널리 보급되어 언제 어느 때고 업무를 볼 수 있기 때문에 일과 후 별도의 집무공간의 필요성이 크게 줄어들었습니다. 또 관사 운영은 시대적 상황과 맞지 않은 부분이 많습니다. 대부분 관사는 자치단체장 내외를 비롯해 가족들이 함께 머물 수 있을 정도로 규모가 큰 편인데, 시·도지사들의 연령을 감안해 볼 때 자녀들은 이미 장성해 부부만 관사에 머무는 경우가 다반사입니다. 또 민선 이후는 그 지역에 거주하는 사람이 선출되기 때문에 굳이 별도의 거주공간을 마련할 필요가 없을 뿐아니라, 관사에 머물게 되면 기본생활비를 세금으로 충당하게 돼, 자택에서 자비로 생활하는 일부 시도지사와 형평에도 맞지 않습니다.

관사 폐지 주장의 가장 큰 이유는 예산 낭비입니다. 제가 관사를 반납한 2002년 당시, 대전시장 관사 운영을 위해 연간 2억 원 가까운 비용이 소요됐는데 만일 현재까지 존속했다면 시설노후 등으로 더 많은 예산이 들어갔을 것입니다. 그리고 관사가 예전에 비해 기능이 축소되고, 머무는 사람이 줄고 활용도도 낮아졌지만 그렇다고 관리 인력이나 운영 예산도 비례해서 줄지는 않았습니다. 그렇기 때문에 관사가 세금 낭비라는 비난을 피해갈 수 없는 것입니다.

개혁과 혁신이 우리사회의 주요한 화두가 된 것이 이미 오래입니다. 개혁과 혁신은 깨달음과 새로운 변화, 그리고 도전으로 성취가 가능할 수 있지만 그에 못지않게 정상성 회복이라는 건강한 토대 위에 꽃피울 수 있는 가치입니다. 그런데 우리가 개혁과 혁신에 집중한 나머지 정상성의 회복을 간과하지는 않았나 싶습니다. 온 국민을 슬픔과 비통에 잠기게 한 세월호 참사를 비롯한 대형 사고들이 터지고 나서야 정상성 회복을 갈구합니다. 정상성 회복은 오랫동안 쌓여 온 잘못된 관행, 즉 적폐를 찾아내 과감하게 혁파할 때 가능합니다.

저는 적폐의 혁파는 사회적 공감대가 형성되고 범국민적 참여가 뒤따라야 한다고 생각했습니다. 그래서 지난 6·4 지방선거 직전 정부, 정치권 및 각계각층 대표가 참여하는 '적폐혁파국민회의' 결성을 정부에 건의한 바 있습니다. 각계각층의 지도자와 공직자들은 그 영향력을 감안할 때 정상성의 회복, 적폐의 해소에서 중요한 위치에 있습니다. 당연히 지방자치단체장의 의지와 행동도 파급효과가 클 것입니다. 그런 점에서 지방자치단체장이 권위와 권력의 상징이면서 예산 낭비의 여지가 큰 관사를 반납한다면, 단순히 공간 하나를 없애는 것을 넘어 그간 관행이라는 이름하에 이어져 오던 적폐 하나를 혁파한다는 점에서 큰 의미가 있다고 생각합니다. 맑고 차가운 이성으로 내 주변의 적폐는 또 무엇이 있는지 찾아보고 바로잡으려는 노력을 우리 모두 해보았으면 합니다.

누군가 쉬어가게
나무를 심겠습니다

점심을 먹으러 순댓국집에 갔다가 시민들과 대화를 나누게 되었습니다. 많은 얘기를 나누었지요. 그런데 저는 충격적인 이야기를 들었습니다.

"염 시장님은 이미지가 부르주아적입니다. 그래서 서민들보다는 잘 사는 사람들을 위한 정책을 펼칠 것 같은 생각이 듭니다."

제 표정이 이상하다 생각했는지 부연하더군요.

"실제 그렇다는 것이 아니라 이미지가 그렇다는 이야깁니다."

그분이 에두른 말을 보탰지만 당황스럽기는 마찬가지였습니다. 그래서 어떤 점 때문에 그런 이미지를 느끼셨는지 되물었습니다. 그랬더니 제 인상이 부유해 보이고, 청와대 정무비서관, 대학총장, 시장

등 경력이 화려하니까 그렇게 느껴졌는가 보다고 하시더군요.

아시는 분은 아시겠지만, 저는 농촌 말단 공무원의 아들로 태어났으며 자라면서도 내내 경제적으로 넉넉하지 못하였고 사회적인 배경도 시원찮았습니다. 당연히 초·중학교는 농촌에서 다녔고 고등학교는 실업계를 졸업했으며 대학은 장학금을 타려다 보니 이른바 일류 학교에는 진학하지 못했습니다. 그리고 대학을 졸업할 때까지는 철저히 마이너 인생으로 살았습니다.

출신은 그렇지 않은데 이미지가 부르주아로 보인다는 것이 제게 좋은 일인지, 나쁜 일인지를 생각해보았습니다. 만일 맞선을 보는 총각이라면 좋은 일이었겠지요. 그러나 한국 사회에서 공인으로 살고자 하는 사람에게는 이것은 긍정적인 일이 아닙니다.

케네디는 바람둥이로 알려졌는데 그의 이미지는 개혁적이고 참신한 뉴프런티어였습니다. 그래서 많은 덕을 봤습니다. 반면에 닉슨은 워터게이트 사건이 있기전부터 이미지가 나빠서 손해를 많이 본 인물입니다. 공인에게는 실제(reality)보다 이미지가 더 중요합니다.

제 인상은 둥글넓적하고 잘생긴 편이 아니어서 오히려 친근한 감이 있지 않나 하고 혼자 생각해보곤 합니다. 주변에서 시골 아저씨나 이웃집 아저씨 같다는 말은 많이 들었지만 깔끔하다거나 귀족 같다는 애긴 지금껏 그날 외에는 한 번도 듣지 못했습니다.

정책 역시 사회적 약자를 배려하는 정책을 많이 펼치려고 노력해

왔고 그동안 비교적 호평을 받은 정책은 복지만두레, 보육 수범도시, 양성평등 정책, 버스 준공영제, 서민들을 위한 위암 검진 버스 운영, 쪽방마을 사랑나누기 사업, 시장관사를 반납하여 어린이 집으로 만드는 등 서민과 사회적 약자를 배려한 정책들이 많았습니다.

정책면을 큰 틀에서 살펴보면 수도권보다는 지방, 대기업보다는 중소기업, 신자유주의보다는 복지, 사회적 경제, 사회적 자본의 확충 등 약자에 대한 배려를 통한 국민통합과 자생적 발전에 중점을 두었습니다.

제 경력은 모두 성실한 노력으로 이뤄낸 것입니다. 언제나 제가 경쟁해야 하는 사람들보다 돈도 빽도 없는 마이너였던 저는 그저 두 배, 세 배 노력하여 제 삶을 개척하는 수밖에 없었습니다. 학창시절에 남들 다 치는 당구 한번 쳐보지 못했고 공직에 들어와서는 가장 일찍 출근하는 사람 중 한 사람이었습니다. 요즘도 하루에 4~5시간밖에 자지 않고 일하는 게 습관처럼 됐습니다. 때문에 저를 보좌하는 비서들은 내색도 못하고 그동안 무척 고달팠을 것입니다. 이 글을 빌어 미안하다는 말을 전하고 싶습니다.

저는 사람의 삶이 부모의 사회적 신분에 의해 결정되어서는 안 된다고 생각합니다. 모든 사람에게 기회가 균등한 사회를 만들고 싶은 게 이상이고 꿈입니다. 지금도, 앞으로도 그 이상이 실현되는 사회를 만들기 위해 지속적으로 노력할 것입니다. 그리스 경구에 "나이 든 사람들이 자신들은 결코 그 그늘 아래 쉬지 못할 걸 알면서도 나무를 심을 때, 그 사회는 위대해진다."는 말이 있습니다. 제 삶이 다하는 날까지 결코 제가 심은 나무 그늘아래 쉬지 못하겠지만, 언젠가는 제가 심은 나무그늘 아래에서 무거운 짐 내려놓고 쉬게 될 그 누군가를 위해 오늘도 나무를 심겠습니다.

멈추지 않고
꿈꾸는 청춘들

2014년 가을 40년 만에 학부생들을 대상으로 '인생의 답을 찾다'라는 주제 아래 강의를 했습니다. 사랑과 성, 건강과 죽음, 예술, 행복, 용서, 성공, 독서, 리더십 등을 다루는 강의였습니다. 그런데 오랜만의 강의여서인지 제가 과거 강의할 때의 학생들과 요즘 학생들은 여러 가지 면에서 큰 차이가 있더군요. 강의 시간에 주고받는 대화나 수강 태도 말고도, 학생들이 제출한 과제물을 읽으면서 그 차이는 더욱 극명하게 드러났습니다.

과제물 주제는 '나의 인생 설계'였습니다. 학생들이 제출한 과제물을 보면서 제가 평소에 예상하던 것과 다른 내용에 놀랐으며, 어른들이 변화된 학생들 생각을 잘 읽어야 하겠다는 생각을 하게 되었습니다.

첫째, 학생들이 꿈꾸는 직업이 아주 구체적이고 다양했습니다.

그들이 희망하는 직업은 전공과는 무관한 요리사, 바리스타, 캘리그래퍼, 웹툰 작가, 특수학교 체육교사, 재무 관리사, 물류 관리사, 경매 전문가, 수제 컵케이크 전문 카페운영, 청소년 상담사 등이었습니다. 물론, '일반 회사에 취업 또는 공무원 시험 준비' 등도 있었지만 많은 학생들이 전통적인 직업군을 선택하지 않는다는 점이 특이했습니다. 과거에는 장래 직업을 물으면 공무원, 정치가, 교사, 사업가 등이 주류였는데 지금의 학생들은 현실적이고 소박한 꿈을 가지고 있었습니다. 80명의 학생 중 정치를 하겠다는 학생은 한 사람도 없었습니다. 이런 점은 의식 변화에 따른 긍정적 측면이라고 생각합니다.

둘째, 휴학을 했거나 희망하는 학생이 많았습니다.

과제물에 나타난 휴학 희망자는 약 10%쯤 되는데, 의사표명을 하지 않은 학생까지 포함하면 20% 내외의 학생들이 휴학을 하지 않을까 추측해봅니다. 취업이 안 되니까 졸업을 늦추거나, 경제적 어려움으로 아르바이트를 하거나, 이른바 스펙 쌓기를 위해 휴학을 하는 것으로 보입니다. 학생들에게 널리 회자되는 8대 스펙은 '학벌, 학점, 토익, 자격증, 수상경력, 어학연수, 봉사, 인턴'입니다. 앞으로 경향이 바뀐다고는 하지만 그동안 많은 회사에서 입사 시험 시 스펙을 요구했기 때문에 대부분의 학생들이 학교 정규 수업보다도 스펙 쌓기를 위해 많은 시간을 할애하고 있었습니다. 이쯤 되면 대학에서 휴학생들을 위한 안내, 연결, 교육 등 별도의 특별 관리가 필요하지 않을까 하는 생각을 해보았습니다.

셋째, 여학생들이 결혼 후 다자녀를 희망하고 있었습니다.

많은 학생이 둘 이상 혹은 4~5명까지도 원하고 있으며, 대체로 "능력이 되는 대로 최대한 아이를 낳겠다."는 생각을 하고 있었습니다. 80명의 학생 중 한 여학생만 아이를 낳지 않겠다고 답했고, 한 명의 자녀만 갖겠다고 답한 학생도 한 명밖에 되지 않았습니다. 저 역시 그동안 막연히 젊은이들이 임신과 출산을 기피한다고 알고 있었는데 이것이 자신들의 본래 생각이라기보다는 현실적으로 결혼한 뒤 아이를 낳고 기를 수 없는 사회적 여건 때문이라는 것을 알고 나니 안타까웠습니다. 정부의 적극적인 출산장려 정책과 모성보호 정책, 육아 정책 등이 필요하다는 생각을 했습니다. 요즘 아이들은 너무 이기적이어서 아이 낳기를 꺼려한다는 어른들의 통념이 상당 부분 맞지 않음을 확인할 수 있어서 안심이 되더군요.

넷째, 노후 문제에 대한 학생들의 생각이 굉장히 건전했습니다.

은퇴 후에는 아파트 관리사무소에서 근무한다거나, 유기견 보호를 위한 봉사활동을 한다거나, 또는 환경단체에 가입해 국내외 환경 봉사활동을 하고 싶다는 내용 등을 읽으면서 우리 세대는 생각할 수 없는 부분까지 젊은이들이 관심을 가지고 있다는 점에 놀랐습니다. 손자 손녀나 어려운 이웃을 돕기 위해 제빵이나 바리스타 교육을 받아

노후를 대비하겠다는 계획도 무척 흥미로웠습니다.

　결론적으로 제가 느낀 점은, 요즘 학생들의 생각은 건전하고 현실적인 데 비해 기성세대의 사고나 정부의 정책은 오히려 그들의 생각을 따라가지 못하고 있다는 점이었습니다. '삼포세대'라는 무지막지한 시대에도 여전히 학생들은 꿈을 꾸고 계획을 세우고 사랑하기를 멈추지 않고 있더군요. 이런 세상을 만든 우리가 섣불리 위로의 말을 건네기 전에 먼저 학생들의 말을 경청해주는 것도 의미 있는 일인 것 같습니다. 강의를 한다지만 오히려 제가 학생들로부터 더 많이 느끼고 배우고 있음을 고백하고 싶습니다.

그들이
아름다운 이유

'세계에서 가장 검소한 대통령'으로 불리던 호세 무히카 우루과이 대통령이 이달 초 퇴임했습니다. 그는 취임 때처럼 28년 된 자가용을 몰고 자택인 소박한 농가로 향했습니다. 무히카 대통령은 과감한 결단으로 경제 재건을 이룩했고, 소통과 믿음의 리더십으로 국민의 사랑을 받았습니다. 그 결과 물러나는 시점의 지지율은 65%에 이르렀습니다. 비슷한 시기에 여성으로서는 미국 역사상 가장 오랜 기간 연방의원을 지내고 있는 민주당 바바라 미컬스키 상원의원이 기자회견을 자청해서 내년에 있을 중간선거의 불출마를 선언했습니다. 미컬스키 상원의원도 최근 여론조사에서 50%의 지지율을 기록할 정도로 미국 정치의 대표적인 여걸이었습니다.

두 분을 보고 있자니, 지난 2011년 1월에 물러난 룰라 브라질 대통령이 떠올랐습니다. 집권 8년 동안 경제성장률이 이전 정부에 비해 두 배 이상 높아졌고, 1500만 개의 일자리가 만들어졌으며, 2800만 명을 빈곤에서 벗어나게 했다는 룰라 대통령은 퇴임 무렵 87%의 지지율을 기록했습니다. 헌법에 따라 3연임은 불가능했지만 4년 뒤 재출마를 한다면 당선은 떼놓은 당상인 상황이었습니다. 그러나 그는 "신은 한 사람에게 두 번 선물을 주지 않는다. 다시 대통령이 되기를 바라는 것은 미친 짓이다. 나는 거리의 삶으로 돌아간다."고 선언하면서 표표히 정계를 떠났습니다.

앞서 언급한 세 사람의 공통점은 국민이나 유권자로부터 업적을 인정받았으며 개인적으로도 사랑과 지지를 받았으나 스스로 물러나는 시점을 선택했다는 점입니다. 많은 국민들은 그들의 역량을 믿었기 때문에 연임을 열렬히 지지하였지만, 그들이 아름다운 퇴장으로 남긴 정치적 유산은 훨씬 더 가치 있는 것이 되었습니다.

무히카 대통령이 대통령궁을 떠날 때 수많은 시민들이 거리에 나와 "굿바이, 페페(할아버지)!"를 외치며 떠나는 대통령을 배웅했고, 브라질 국민은 퇴임한 룰라를 위해 그의 정치적 고향인 상파울루에서 성대한 축제를 열어주었으며, 미컬스키 상원의원의 회견장 참석자들은 불출마 선언을 듣고 술렁였으나 나중에는 눈물과 박수로 화답하였습니다. 오바마 대통령도 룰라가 물러날 때 "룰라는 내 우상이다.

그를 깊이 존경한다."고 했고, "미컬스키 의원이 보여 준 업적은 여러 세대에 걸쳐 지속될 것"이라는 특별 성명으로 그녀의 선택에 존경을 표했습니다.

이들 정치인들의 또 다른 공통점은 재임 시 행한 인간에 대한 사랑, 특히 저소득층에 대한 특별한 배려에 있었습니다. 룰라 대통령은 "왜 부자들을 돕는 것은 '투자'라고 하고 가난한 이들을 돕는 것은 '비용'이라고 말하는가."라고 외치며 빈곤 퇴치에 앞장섰습니다. 무히카 대통령은 "인생은 짧고 바로 눈앞에서 사라지고 맙니다. 생명보다 더 귀중한 것은 존재하지 않습니다."라고 했으며, 미컬스키 의원은 "내 직업을 위해 시간을 쓸 것이냐, 아니면 유권자들을 보호하는데 쓸 것이냐."라고 반문하고는 다음 세대를 위해 시간을 써야 한다고 주장했습니다.

물러나는 것 자체가 모두 아름다운 것은 아닙니다. 그들이 정말로 아름다운 이유는, 정치인의 거취를 분명히 안다는 점, 권력에 대한 미련을 버리고 정치적 욕망을 자제할 수 있다는 점, 시대에 맞지 않으니 물러나겠다고 자신의 한계를 스스로 인정한다는 점, 그리고 무엇보다도 자신에게 부여된 자리(대통령이든 국회의원이든)와 명예에 대해 감사하되 더 이상 자리를 이어가는 것은 욕심이라고 생각한, 그 결단 때문입니다.

훌륭한 정치인들의 퇴장을 보면서 역설적으로 이분들이야말로 스스로를 사랑할 줄 아는 분들이 아닐까 하는 객쩍은 생각을 해봅니다. 늦지 않은 때에 물러남으로써 가장 큰 영광을 누리는 사람은 바로 자신들이기 때문입니다. 이 땅에도 아름다운 선택을 실천하는 사람이 많아지기를 기대해봅니다.

자리의 무게

　유사 이래 지금까지 세계에서 제일 많이 팔린 책은 단연 《성경》입니다. 성경은 전 세계 모든 호텔에 한 권씩 비치되어 있으며 서양 세계를 하나로 묶는 최대의 공통분모이기도 합니다. 언제나 현실이 더 엄혹하지만, 그럼에도 성경 속 이야기는 21세기를 사는 우리에게 여전히 시사하는 점이 많습니다.

　성경에 보면 예수와 법조문의 이야기가 나옵니다. 오래 지속된 유대인과 이방인의 적대적인 관계를 해소하여 화평의 관계로 변화시키기 위해 예수가 "법조문으로 된 계명의 율법을 폐하셨다."고 되어 있습니다. 이는 율법이 논리로서 또는 글자와 말로서 서로를 갈라놓고 죄를 부과하는 것이기 때문에 화평에 걸림돌이 된다는 의미입니다.

성경에는 또 하나 율법과 관련된 에피소드가 있습니다. 율법상 안식일에는 일을 할 수 없게 되어 있는데 예수가 병자를 고치시는 것을 보고 유대인들이 "안식일에 병 고치는 것이 옳으나이까."라고 문제를 삼은 것입니다. 즉 유대인들은 율법(안식일)을 지키는 것에 사람을 살리고 치료하는 것보다 더 높은 가치를 부여한 것입니다. 이에 예수는 "안식일이 사람을 위하여 있는 것이요. 사람이 안식일을 위하여 있는 것이 아니라."는 말로 응수했습니다.

이 두 사례는 모든 법의 정신은 사람을 구속하고 자유를 억제하는 것이 아니라 사람을 사랑하고 사람을 살리기 위해 필요한 것임을 의미합니다. 생전에 김수환 추기경도 사법연수원 강연(1999년 4월 14일)에서, 빅토르 위고의 소설 《레미제라블》을 인용하며 "법전이 만사를 설명하는 것은 아니다 … 법은 사람을 위해 있어야 '참 법'이다."라고 강조하였습니다. 《레미제라블》에 나오는 주인공 장발장과 경찰관 자베르가 보여준 인간과 법의 상관관계를 예로 설명하면서 법의 잣대로만 재고 판단하는 것은 법의 노예가 되는 것이니 모든 인간을 존경하고 모든 인간을 위하는 법조인이 되어 달라고 당부했습니다.

예수의 말씀이나 김수환 추기경의 말씀은 모두 맞습니다만 이것을 현실에서 적용하는 데는 많은 문제가 발생합니다. 법관이나 검찰은 법조문에 쓰여 있는 대로 기소를 하고 형량을 부과합니다. 물론 '정상참작'은 있으나 그것은 극히 예외적이고, 법조문에 형량까지 명시되어 있기 때문에 만일 이것을 지키지 않는 법관이 있다면 용납할 수가 없을 것입니다. 행정을 하는 공무원도 마찬가지입니다. 법조문을 놓고 인허가를 해주고, 규정에 입각해 지원 또는 규제를 하고 있습니다. 모든 법률이나 규정은 공무원의 자의성을 극히 제한하고 있습니다.

그러나 국민의 생각은 다릅니다. 국민들은 법보다는 합목적성을 따지고, 규정보다는 정상참작을 요구합니다.

공무원들이 민원인과 마주 앉았을 때 곤경에 처하는 일이 종종 있습니다. 민원인의 부당한 요구에 대해 "민원인께서 주장하시는 것은 규정과 법에 맞지 않아 도와드릴 수가 없습니다."라고 말하면 민원인은 곧바로 "법대로 할 거면 왜 여기를 찾아 왔겠어요?" "당신들이 그렇게 경직되어 있기 때문에 나라가 이 모양입니다."라고 역정을 내십니다. 민·관의 많은 갈등 요인이 '관료적 합리성'과 '국민적 정서'의 괴리에 있습니다. 이에 대해 어떤 사람들은 법과 정서를 적절히 조화시키라 말하지만 이는 말로는 가능할지 몰라도 실제로는 아주 무책임한 주장이 됩니다.

정권이 바뀔 때마다 '전봇대'와 '손톱 밑 가시'를 뽑겠다고 강조하고 '규제의 혁파'를 힘주어 말하지만 그것을 이행하기란 쉽지 않습니다. 왜냐하면 규제는 생명, 인권, 환경, 노동 등 중요한 가치의 침해를 예방하기 위해서 만들어졌기 때문에 기업의 보호를 위해 많은 것을 폐지하는 것은 오히려 또 다른 중요한 가치를 훼손하게 될 위험이 큽니다. 이런 복잡한 문제로 고생하고 씁쓸한 기분으로 퇴근하는 공무원들의 힘 빠진 뒷모습을 볼 때마다 공직의 무거운 짐을 느낍니다.

불행은 언젠가 잘못 보낸 시간의 보복이다

인생은 가벼움이든 무거움이든 선택의 연속입니다. 작게는 아침에 어떤 옷을 입고 나갈 것인지를 선택해야 하며, 크게는 역사를 바꾸는 선택이나 결정을 하는 경우도 있습니다. 루비콘 강을 건넌 카이사르의 목숨을 건 결정, 쿠바 미사일 위기 시, 존 F. 케네디 대통령의 쿠바 해상차단의 결정 등이 그것입니다.

결과보다도 결정자체를 높이 평가하기도 합니다. 크리스토퍼 콜럼버스가 위대한 까닭은 최초로 신대륙을 발견했기 때문이 아니라 지구 반대편과 그 너머를 향해 닻을 올리겠다고 스스로 결정한 최초의 사람이기 때문이었지요.

결정은 개인적인 삶뿐만 아니라 사회에도 중대한 영향을 끼칩니다. 우리가 내리는 하나하나의 결정이 쌓여 개인과 조직 그리고 전체 사회를 구성하는 것입니다. 따라서 국가나 기업에서 정책을 결정하는 책임 있는 자리의 사람들은 보다 나은 결정을 내리기 위해 신중해야 합니다. 이렇게 결정을 하여 시행을 하면 어떤 일이 일어날 것인가? 그리고 다음에는, 또 그 다음에는?, 하는 식으로 미리 충분히 숙고하여 결정해야 더 나은 결과를 얻을 수 있습니다.

정치인들은 소통을 강조합니다. 그러나 작은 소리도 진지하게 들으면서 자신의 의견을 겸손하게 얘기하는 소통이 아니라, 먼저 자신이 결정을 해놓고 설득하기 위한 소통이나, 명분 축적을 위한 들러리를 세우기 위하여 형식적으로 소통합니다. 이러한 방식은 대단히 위험합니다. 자신의 잘못된 선택을 바로잡을 기회를 잃어버리기 때문입니다.

내 실수는 다른 사람이 더 잘 봅니다. 자존심을 버리고 다른 사람들에게 진실이 무엇이고 옳은 것이 무엇인지에 대해 의견을 구해야 합니다. 뿐만 아니라 자기 스스로에게도 '나는 정직한가?'라고 자신에게 질문을 던져보아야 합니다. 그러나 대다수의 정치인이 잘못된 결정을 해 놓고 그것을 밀어붙이는 경우가 많습니다. 잘 보면 이것은 잘할 자신이 있어서가 아니라 오히려 자신이 없어서일 때가 많습니다. 잘못을 인정하고 문제를 해결할 자신이 없는 것이지요. 그렇지만 상황을 객관적으로 본다면 그 결과는 뻔히 예측할 수 있습니다.

첫 단추를 잘못 끼워놓고 중단하지 않고 계속 진행하면 옷이 점점 더 일그러져 입을 수 없게 됩니다. 처음부터 충분히 소통하여 더 나은 결정을 하는 것이 최선이겠지만, 잘못된 선택임을 확인하는 순간 빨리 중단하고 수습하는 것이 그래도 지혜로운 결정입니다. 당장은 어거지로라도 내 주장을 밀고 나가는 것이 체면도 살고 더 이익 같아 보이지만, 나중에는 반드시 대가를 치르게 됩니다.

워털루 전투에서 패배한 나폴레옹 황제는 절해고도 세인트 헬레나 섬에 유폐된 뒤 최후를 맞이했지요. 그는 이런 말을 남겼다.

"오늘 나의 불행은 언젠가 잘못 보낸 시간의 보복이다."

뭔가를 결정해야 할 때 결정하지 못하고 실기를 하거나, 결정을 잘못한 것이야말로 보복을 잉태합니다. 나폴레옹조차 피해가지 못한 시간의 보복은 어떤 지도자도 피해 갈 수 없습니다.

스펜서 존슨은 저서 《선택》에서 한번 잘못된 선택이나 결정을 하면 되돌리기 어렵다고 했습니다. 하나의 선택이 도미노 게임처럼 다음번 선택에 영향을 미치기 때문이지요. 잘못된 결정이나 선택은 되돌리기 어렵고, 더욱이 그것이 중앙정부와 지방정부 고위직의 결정이라면 그 피해는 국민과 시민이 감당해야 합니다. 그동안 삿된 결정이 있었다면 지금이라도 바로잡는 용기가 필요합니다.

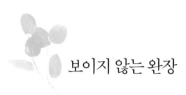

보이지 않는 완장

　윤흥길의 장편소설《완장》은 지금부터 32년 전에 처음 출판된 이래 꾸준한 인기를 누리고 있습니다. 책머리에 밝힌 작가의 표현대로 "잘못된 권력을 야유할 속셈으로" 집필했다는《완장》이 수십 년 세월이 흐른 오늘날까지도 꾸준히 읽히고 있는 것은 아직도 우리사회에 '완장 문화'가 존재한다는 방증이 아닌가 생각합니다.

　윤흥길의《완장》은 전라도 사투리의 입담으로 풍자와 해학의 기법을 살린 장편소설로 평가받고 있습니다. 소설 속의 주인공 임종술은 "어려서부터 도회지로만 떠돌면서 쌈질로 잔뼈가 굵은 놈"이며 해방 후에는 노점상, 포장마차, 미군부대 물건을 빼내 파는 일 등 험하게 살다가 고향에 내려와서는 "농사는 땅이 없어서 못 짓고, 장사는 밑

천이 없어서 못 하고, 품팔이는 자존심이 딸꾹질 허는 통에 못 하는"
불량배인데, 어느 날 저수지 사용권을 얻은 동네 부자 최 사장으로부
터 감시원을 맡아달라는 제안을 받았습니다. 처음에는 거절하다가
'완장'을 차게 해준다는 말을 듣고 바로 승낙을 합니다. 완장을 찬 종
술은 무단으로 낚시질하던 도시에서 온 남녀들에게 기합을 주기도
하고, 한밤에 몰래 물고기를 잡던 초등학교 동창과 그 아들에게 무자
비한 폭행을 가하기도 합니다. 완장이 가진 힘과 권력을 한껏 발휘하
던 그는 마침내 완장의 힘에 도취하여 넘어서는 안 될 선까지 넘게
됩니다. 자신을 고용한 사장 일행의 낚시질까지 금지하려 했고, 결국
감시원 자리에서 쫓겨나게 된다는 내용입니다.

완장의 사전적 의미는 '신분이나 지위 따위를 나타내기 위하여 팔
에 두르는 표장'입니다. 소설《완장》에서의 완장은 '남을 복종시키거
나 지배할 수 있는 공인된 권리와 힘'으로 정의했습니다.

그러나 우리 역사에서 완장의 의미는 일제시대 경찰과 헌병을 상
징하기도 하고, 6.25때 인민군 점령지에서 머슴과 소작인들이 두른
붉은 완장이 연상되기도 합니다. 자유당 정권 때는 선거 때마다 무더
기로 완장 차고 투표장에 나타나 유권자들을 심리적으로 압박한 사
람들도 있었습니다. 그리고 5 · 16 쿠데타 때에는 서울에 진주한 군인
들의 팔에 '혁명군'이라는 완장이 채워져 있었습니다.

이렇듯 눈에 드러나는 완장도 있지만, 뒷전에 숨어서 조종을 일삼

는 눈에 보이지 않는 완장들도 무시할 수 없습니다. 사실상 완장의 의미는 권력의 하수인으로 호가호위하며 으스대는 자들을 가리킵니다. 소설의 임종술처럼 기본적 소양이 없는 사람이 권력에 아부하거나 기생해서 쥐꼬리 만 한 권한을 얻어 그것을 무소불위로 남용합니다. 그들 중 몇은 자신의 주인을 배신하여 얻은 완장을 또다시 새 주인을 배신하는 데 쓰기도 합니다.

우리 사회에서 빛깔도 다르고 생김새도 다른 수많은 완장들의 모습을 볼 수 있습니다. 선거 승리의 전리품으로 등장한 많은 완장들, 운 좋게 나으리는 되었으나 잠재된 열등감으로 '갑질'을 일삼는 완장들, 공익적 기능을 망각하고 지나치게 권력화 된 일부 기관의 완장들, 높은 분들 모시면서 권한을 횡령하여 자기 것으로 만드는 완장들, 남편의 권력을 자기 권력인 양, 주위 사람들을 무시하고 뻐기는 사모님 완장들, 그리고 완장에 주눅이 들어 자신의 권리와 자유를 스스로 포기하는 완장 추종자들이 우리 주위에는 널려 있습니다.

이러한 완장들의 실태를 보면서, 소설 《완장》을 통해 밝혀내려고 했던 작가의 창작 의도를 되새기게 됩니다. "꾀죄죄한 가짜 권력의 떠세하는 행태를 그려 보임으로써 진짜배기 거대권력의 무자비한 속성을 끄집어"내고 싶은 것이었다고 합니다.

금수저와 흙수저의 불평등

졸업 시즌입니다. 올해도 50만 명 이상의 젊은이가 대학의 문을 나서겠지요. 이번 주 어느 대학에서 졸업식 축사를 할 예정인데, 어느 신문에 실린 D대학 4학년 학생의 글을 읽으면서 과연 축사를 해야 할지 고민이 되었습니다. 저의 마음을 무겁게 만든 학생의 글은 다음과 같습니다.

울리는 휴대전화 속 문자, 또 이별 통보다. 올해만 벌써 몇 번째인가. 입시를 위해 달려온 12년. 아르바이트, 학점 관리, 그리고 스펙 쌓기로 지내온 4년. 나와 맞는 이를 찾을 여유조차 없이 시간은 야속하게 흘러갔다…. 언제쯤 면접관과의 밀당에서 승리해 회사와 연애할 수 있을까.

나는 또다시 다른 이에게 보여줄 '자기소개서'를 쓰기 위해 컴퓨터를 켠다.

최근 우리나라 대학졸업 예정자의 취업률은 60% 미만입니다. 누적된 취업대기자까지 합치면 70만 명 정도의 젊은이가 취업을 하지 못하는 실정입니다. 특히 10대 대기업의 채용 인원이 3만 명 안팎밖에 되지 않아 많은 젊은이들을 실망시키고 있습니다. 그러나 문제는 여기에서 그치는 것이 아닙니다. 몇백 대 일의 경쟁을 뚫고 취업에 성공한 사람들까지도 아주 작은 아파트 하나를 마련하기 위해서는 10년 이상 저축을 해도 어려운 상황입니다. 그러니 대부분의 젊은이들은 앞으로 상속받을 재산이 없다면 '노동 수익'만으로 자기 집을 갖기란 요원합니다.

물론, 이러한 현상은 우리나라에 국한된 것은 아닙니다. 미국이나 유럽 등 자본주의 국가 대부분에서 비슷한 현상이 나타나고 있습니다. 선진국의 300년간 불평등수준을 분석한 《21세기 자본》을 저술하여 세계적인 스타가 된 토마 피케티 교수는 1960년, 70년대에는 노동 수익만으로 파리에서 아파트를 소유할 수 있었지만 이제는 상속 재산이 없으면 매우 어렵다고 지적했습니다. 그는 시대와 지역에 따라 차이가 있지만 유럽의 대부분 국가에서 가장 부유한 상위 10% 사람들의 부와 소득은 전체의 약 50~60%고, 스칸디나비아 국가들은 이보다 10% 정도 낮고, 미국은 10% 정도 높다는 통계를 제시하고 있습니다.

그런데 피케티 교수는 이와 같은 소득 불평등이 시대가 지나면서 점점 악화되었다고 보지 않으며 이것으로 인해 "경제가 무너질 것이라고 주장할 근거는 없다."고 주장합니다. 문제는 불평등의 크기 자체라기보다는 불평등을 정당화할 수 있느냐와, 불평등 구조를 분석하는 일이라고 다소 우리의 인식과는 다른 진단을 하고 있습니다.

피케티 교수는 20세기 선진국에서 부의 분배를 두고 일어난 주요한 구조적 변화는 '세습사회'와 특히 미국에서 나타난 '능력주의 사회'라고 지적합니다. 물려받은 부가 부의 집중을 극대화하였고, 소득의 불평등은 능력주의 사회의 결과라고 주장합니다. 즉, 미국의 임금 불평등의 증가는 임금 계층의 꼭대기층, 그중에서도 대기업 최고 경영진의 보수가 극도로 높아진 결과라고 합니다.

2014년 가을 피케티 교수가 방한하여 서울대 송호근 교수와 대담을 했더군요. 송호근 교수는 피케티 교수가 주장하는 '자본에 대한 민주적 통제'의 실현 가능성에 의문을 제기하고, 또한 글로벌 자본과 세습자본에 대한 고율의 징벌적 세금 부가에 대해서도 동의하지 않고 있습니다. 그러나 한국이 세습사회로 되어가는 현실에 대해서는 서로 인식을 같이 하면서 "한국도 미국과 함께 소득 불평등의 꼭대기

국가군에 끼었고 이러한 불평등은 의욕과 정의감을 망가트리고 결국 사회기반을 갉아먹는다."면서 그 심각성을 제기하였습니다.

송호근 교수에 의하면 꼭 대학졸업자가 아니더라도 사회에 나오는 젊은이들은 부동산, 주식, 채권, 저축 중 어느 하나라도 부모로부터 물려받지 않으면 계층 이동의 교두보를 만들 수 없다고 합니다.

산업화 시대에는 자신의 능력과 노력으로 일군 '성취적 지위'가 빛을 발했다면, 이제는 타고난 '귀속적 지위'가 인생을 결정하는 시대로 변했다. 즉 유산(遺産)이 유산자(有産者)로 되는 중세적 세습사회가 21세기에 귀환한 것이다.

세습사회는 유산자에 국한된 문제가 아닙니다. 소시민으로 살아온 부모라 할지라도 노동소득으로 작은 아파트 하나도 마련할 수 없는 자녀들을 위해, 살던 집이나 농토를 반으로 줄여 적은 자본이라도 자녀세대에 세습을 해야 하는 게 현실입니다. 송호근 교수는 "불평등은 세습자본이 있는 자와 없는 자의 격차"라고 결론지었습니다. 이런 현실을 알면서도 젊은이들에게 긍정심리학자들이 말하듯 '그래도 노력하면 살만한 인생'이라고 희망을 얘기해야 하는지요. 대학을 졸업하는 청년들을 바라보며 저의 고민은 깊어만 갑니다.

공직자로 산다는 것은

    세월호 참사가 난 후 상당히 오랫동안 저는 마음의 갈피를 잡기가 어려웠습니다. 당시 어른의 지시에 따르다 참변을 당한 어린 생명들을 생각하면 시도 때도 없이 우울하고 화가 나다가도 이내 공직자로서 또 어른으로서 부끄러운 심정을 누를 길이 없습니다. 그간 신문과 방송에서는 연일 사고의 원인과 방지 대책에 대하여 많은 주장이 나왔습니다. 그때마다 국가개조, 개혁과 혁신 등 거대 담론만 무성하고 추상적이고 원론적인 이야기뿐이라 답답해하던 차에 우연히 교회에서 목사님이 읽어주시는 성경 구절을 듣고 깜짝 놀랐습니다.

    성경에는 일을 할 때는 "두려워하고, 떨며, 성실한 마음으로"하고 "눈가림만 하여 사람을 기쁘게 하는 자"처럼 하지 말라고 쓰여 있었습니다.

자주 읽는 구절이었는데도 그날따라 "바로 이것이구나!"하는 생각이 들었던 것은, 2000년 전에 기록된 내용임에도 불구하고 '일하는 자세'와 '잘못된 관행'에 대하여 정확히 지적하고 있었기 때문입니다. 이번 사고는 바로 잘못된 관행과, 작은 원칙을 지키지 않는 일하는 자세에서 비롯한 것입니다. 그리고 이 모든 것의 뒤에 도사리고 있었던 것은 기업의 탐욕과, 인허가 감독 기관의 유착에 따른 부정부패, 한국사회 상층부와 언론의 무책임함이었습니다.

최근 공직사회 전반에 대한 따가운 질타를 많이 듣습니다. 공공 이익을 위한 합리적인 조직이 아니라 '거대한 이익집단'이 되었기 때문입니다. 더욱이 세월호 참사를 통해 드러난, 불법에 눈감아주면서 안일하고 복지부동한 모습은 변명의 여지가 없습니다. 공무원은 본래 국민의 종(公僕)입니다. 그런데 공무원이 국민의 공복이라는 것은 공무원 윤리헌장에만 나와 있지 사문화(死文化)된 지 오래이고, 수십 년간 사회도처에 잘못된 관행은 쌓이고 또 쌓였습니다. 저 역시 공무원으로서 통렬히 반성합니다. 물론 성실하고 청렴하게 일하는 많은 공무원은 억울할지 모릅니다. 그러나 이번 사건은 공무원 모두가 동반 책임을 져야 할 문제라고 생각합니다.

공무원이 하는 일이 중요한 이유는 정책 하나가 국민 복리에 크게 기여할 수도 있고 엄청난 재앙을 불러올 수도 있기 때문입니다. 당연히 '두려운 마음'으로 업무에 임하고 '떨리는 마음'으로 성심을 다해야 합니다. 지금까지 우리가 두렵고 떨리는 마음으로 온 정성을 다했는지 반성해 봅니다. '눈가림'만 하는 전시행정, '사람을 기쁘게'만 하는 아부행정이 만연했음을 고백하지 않을 수 없습니다.

1970년의 와우아파트 붕괴를 시작으로 대연각 화재, 성수대교와 삼풍백화점 붕괴, 세월호 사고와 판박이인 서해 페리호 침몰, 그리고 경주 마리나오션 리조트 체육관 붕괴 사고에 이르기까지 어느 하나 인재가 아닌 것이 없고 항상 그 사고의 중심에는 공무원이 있었습니다. 그때마다 재발 방지를 다짐했고 수많은 대책을 내놓았지만 잘못된 관행의 고리를 끊을 수 없었습니다. 세월호 사고로 온 나라를 비통에 빠뜨렸는데 또 다시 문제 해결이 유야무야된다면 우리 공무원 모두는 역사의 죄인이 되고 맙니다.

물론 구조화되고 뿌리 깊은 관행을 변화시키는 일은 쉽지 않습니다. 이렇게 적폐를 없애는 데 어려움이 많은 이유는 공무원, 정치인, 기업인, 그리고 일반 대중의 이해관계가 각기 다르기 때문입니다. 그러나 '이번이 마지막'이라는 대오각성과 결단이 있다면 변화는 얼마든지 가능합니다. 가칭 '적폐혁파국민회의'와 같은 조직을 결성하여 정부, 정치권, 법조, 경제, 학계, 종교 그리고 시민대표가 머리를 맞대고 정상성의 회복을 위한 대안 모색과 광범위한 조정을 살행하고, 경우에 따라서는 엄하게 강제할 수 있는 합의의 틀이 마련되어야 한다고 생각합니다.

언제나 그렇듯 진리는 단순합니다. 기본에 충실하고 원칙이 지켜지는 것이 중요합니다. 영화 〈역린〉에 "작은 일에도 최선을 다해야 한다. 작은 일에도 최선을 다하면 정성스럽게 된다. 정성스럽게 되면 겉으로 배어나오고, 겉으로 드러나면 이내 밝아지고, 밝아지면 남을 감동시키고, 감동시키면 이내 변하게 되고, 변하면 생육된다."는 말이 나옵니다. 영화를 보면서 정말 요즈음의 상황에 가장 맞춤한 경구가 아닐까 하는 생각을 했습니다.

저는 오랫동안 공직생활을 한 사람으로서 반성문을 쓰는 심정으로 이 글을 씁니다. 따라서 이 글에서 질타한 '공무원'은 바로 저 자신입니다. 깊이깊이, 세월호 희생자분들께 그리고 시민들께 사죄드립니다.

나누어지지 않는 모든 것은
잃어버리는 것이다

달랑 한 장 남은 달력도 이제 하순으로 접어들었습니다. 날씨가 점점 더 추워지는 요즘이지만 실은 마음의 추위가 더 매섭습니다. 정치권은 예나 지금이나 서로 탓하기 바쁘고 이제는 여야의 대립뿐만 아니라 여여, 야야의 내부적 분열도 보기에 민망합니다. 정부는 경제의 완만한 상승세를 예측하고 있으나 상황은 녹록지 않습니다. 수출 부진이 경제회복에 걸림돌이 되고, 중국의 경제 불안과 미국의 금리인상 등 이른바 G2 리스크가 우리 경제를 위협하고 있습니다. 수출 의존도가 높은 우리로서는 G2 리스크에 따른 세계경제의 거대한 변화가 반드시 위기만은 아니지만 면밀한 대책이 요망되는 것은 분명한 일입니다.

'정년 60세' 제도가 시행되면서 대기업과 금융권은 대규모 인력 구조조정에 나섰습니다. 희망퇴직 칼바람을 맞는 50대는 물론이고 20대까지 명퇴 대상에 오르는 초유의 사태가 벌어졌습니다. 이 여파로 안그래도 부평초 같은 삶을 사는 사람들이 얼마나 더 떠돌며 살아야 할까 생각하니 남의 일 같지 않아 마음이 무겁습니다.

그러나 이러한 우려조차도 다른 세상 일처럼 들리는 사람들이 있습니다. 당장 추위와 굶주림에 시달리는 극빈층과 무의탁 노인, 노숙자, 장애인들이 그들입니다. 전국적으로 41만 명의 아동들이 끼니를 거르고 있다고 합니다. 그들은 정치나 경제, 기업의 구조조정에도 관심이 없고 오로지 생존이 문제이며, 하루하루 지내기가 고통스럽기만 합니다.

솔직히 말해, 이러한 한계 상황에 처해 있는 사람들을 생각하면 따뜻하게 입고, 먹고, 자고, 웃는 우리의 일상조차도 송구합니다. 그런 마음의 짐이라도 덜어보고자 연말에는 이웃의 아픔을 함께 나누겠다는 다짐을 해보지만 해가 지나고 나면 늘 불만족스러워 안타까움을 떨치지 못합니다. 성금으로 돈 몇 푼 내고, 무료급식소에서 봉사하고, 연탄 배달하는 것이 고작인데 그것이 얼마나 그들의 근본적인 고통을 덜어 줄 수 있는지 의문입니다.

정부도 어려움이 있을 것입니다. 우리나라에는 연금과 의료보험 등 사회보장제도나 공적부조제도가 비교적 잘 되어 있다고 생각합니다. 다양한 사회복지 서비스 제도도 있습니다. 그러나 산술적으로 계산해서 사회복지 예산은 GDP대비, OECD국가 중 최하위이기 때문에 현장의 수요를 충족시키지 못하는 실정입니다.

사회복지에 대한 철학을 확실히 정립하고 국민들의 뜻을 모아야 합니다. 복지예산의 확대, 복지 서비스 전달 체계의 개선, 소득 수준과 관계없이 이용할 수 있는 대중교통, 문화·스포츠 시설, 교양 프로그램 등 계층 혼합적 공공시설의 확대 및 고급화 등이 우선적으로 이뤄져야 합니다. 그러나 무엇보다도 국민들의 따뜻한 마음이 중요합니다. 어려운 분들의 주머니에 선물을 넣어주는 것도 중요하지만 그들을 따뜻하게 안아주고 그들의 존엄을 인정해주는 마음이 먼저입니다.

한 해를 보내면서 여러 상념으로 번민하다가 인도 캘커타에 있는 슬럼가의 비통한 현실을 담담하게 그린 영화 〈시티 오브 조이(기쁨의 도시)〉를 떠올려봅니다. 최하층 빈민들과 나병환자들이 살아가는 그곳을 역설적으로 '기쁨의 도시'라고 부르는 이유는, 죽음을 기다리는 사람들의 마지막을 지켜주는 일, 가정 폭력으로 멍든 부인들을 보살펴 주는 일, 아이들을 가르치는 일 등 자신이 원하는 봉사활동에 참여하는 시민들이 많은 도시이기 때문입니다.

이 영화는 감동적인 대사를 끝으로 막을 내립니다.

"나누어지지 않는 모든 것은 잃어버리는 것이다.(all that is not given is lost)."

다시 한 번, 이 명대사를 가슴에 새기며 경건한 마음으로 한 해를 되돌아보는 시간을 가져야겠습니다.

세상을
바꾸는 힘은 무엇인가

    1930년대 경제공황을 극복하고, 공산주의와 파시즘의 도전을 물리친 뒤, 세계의 지식인들은 자유민주주의와 자본주의가 승리했다고 확신했습니다. 그러나 지식인들은 2008년 리먼 브라더스 사태와 세계금융공황 이후 각지에서 경제적 불안과 민주주의에 대한 불만이 고조됨에 따라 이제 사람들은 지금의 정치와 경제 시스템이 막다른 길에 다다랐다는 느낌을 강하게 받고 있습니다. '세상을 바꿔야 한다.'는 목소리가 여기저기서 나오고 있습니다.

    왜 세상을 바꿔야 하나? 어떻게 바꿔야 하나? 바뀐 사회의 모습은 무엇인가? 등등 이에 대한 논의가 진행되고 있습니다. 근래 우리나라에 소개되어 베스트셀러의 반열에 올랐던 저서들에서도 이와 같은 논의를 많이 볼 수 있습니다. 일본에서 가장 영향력 있는 인문학자인 오구마 에이지가 쓴《사회를 바꾸려면》이 있고,《정의란 무엇인가》로 유명한 마이클 샌델이 쓴《민주주의의 불만》에서는 무엇이 민주주의를 뒤흔드는가를 관찰하고 있습니다. 또한 영국의 저널리스트인 존 폴 플린토프가 쓴《인생학교: 세상》에서는 작은 실천으로 세상을 바꾸는 법을 소개하고 있으며, 서울대학교 송호근 교수도《나는 시민인가》라는 저서를 통해 격돌하는 '국민의 나라'에서 함께 하는 '시민의 사회'로 변화되어야 함을 역설하고 있습니다.

현대의 시장경제는 공동체들을 무기력하게 만들고 민주주의의 본질적인 사회구조를 약화시킵니다. 마이클 샌델은 극심한 경제적 불평등은 부자와 빈자 모두의 인격을 타락시키고 자치에 필요한 공동성을 약화시킴으로서 결국 자유의 약화를 가져온다고 했습니다. 한편, 대통령이나 하위관료, 대기업 사장이나 비정규직을 막론하고 공유하는 문제의식이 있는데, 그것은 '아무도 내가 말하는 것을 들어 주지 않게 되었다.'는 것입니다. 그래서 '사회를 바꿔야 한다.' 또는 '이대로는 안 된다.'라는 공감대가 확산되고 있는 것입니다.

사회변화를 위해서는 대화와 참여가 중요하지만, 그것만으로 사회가 바뀔 수 있을지는 의문입니다. 이에 대해 오구마 에이지 교수는 의회와 지역에서, 행정과 운동을 통해서, 즉 사회의 모든 곳에서 발상과 행동과 관계를 바꿔나가 그것을 연동해 간다면 사회를 바꿀 수 있다고 전제하면서 '자원동원설', '정치적 기회구조론', '프레이밍' 등 사회 운동에 관한 다양한 이론을 소개하고 있습니다.

마이클 샌델은 미국에서 민주주의와 공동체의 복원을 위해 진행되는 다양한 활동 중에서 우선, 시민들의 불평등 해소를 위한 노력을 중시했습니다. 양극화된 사회는 '우애의 정신'이 부족하고 이는 공동체 형성에 걸림돌이 된다는 것을 지적하면서, 소득의 분배 자체보다는 소득과는 무관한 공동체 제도들을 재건, 유지, 강화하고 그러한 제도를 통해 시장 만능주의자들로 인한 타락을 막는 데 중점을 두어야 한다고 합니다. 또한 지역사회 개발을 위한 연합체를 구성하여 공용주택단지 조성, 직업 훈련을 비롯한 사회서비스 강화를 위한 재정과 기술을 지원하고, 지역사회에 기반을 둔 단체들이 네트워크를 형성해 빈곤한 주민들에게 효과적인 정치활동 방법을 교육시키거나 소비자운동을 지원할 것을 제안하기도 합니다.

우리나라에서도 위와 비슷한 노력들이 산발적으로 진행되는데, 이러한 사업을 통합하고 체계화하며 정부가 우선적인 정책 어젠다로 채택할 필요성이 있습니다. 질 좋은 도서관, 공원, 문화센터, 체육시설, 시민대학, 대중교통 등 이른바 '계층 혼합적' 시설을 확대함으로써 소득과 관계없이 이를 이용하는 사람 모두가 공동운명체라는 의식을 느끼게 하는 것입니다.

어느 공직자의 반성

세월호 참사 직후, 공직자의 한 사람으로서 반성문을 쓴 바 있습니다. 그 참담한 사고의 최종 책임은 정부와 공직자에게 있다고 생각하여 공직자로서 반성하는 마음을 고백한 것입니다. 공직을 떠난 후에 저의 생활에는 많은 변화가 일어나고 있고 자연히 지나간 공직생활 속에서, 특히 세 차례 대전시장을 역임하면서 제가 한 일을 스스로 평가하게 됩니다.

그 사이 어려움과 아쉬움이 있었고, 성과와 보람도 있었습니다. 그러나 특히 선거를 통한 민선시장을 8년 동안 하면서 개인적으로는 후회스러운 일이 많았습니다. 그래서 오늘은 선거 과정과 시장직 수

행과 관련하여 개인적인 반성문을 다시 쓰고자 합니다.

첫째, 위선적인 행동을 반성합니다.

예수님이 제일 싫어했다는 위선이나, 존 밀턴이《실낙원》에서 얘기한 '보이지 않게 걸어 다니는 유일한 악' 정도는 아닐지라도 제 양심을 비추어서는 분명 위선적 언행이 있었음을 고백합니다.

지역의 어르신들을 위해 노인정이나 노인복지관을 자주 방문하였습니다. 시장으로서 지역 어른들의 건강을 걱정했고 친절히 위로를 해드렸지요. 그런데 정작 비슷한 연배의 제 부모님께는 그러지 못했습니다. 또 장애인 행사나 봉사활동에 참여 하면서도 진정 마음에서 우러나왔다기보다는 사람들에게 보이기 위해, 의로운 행위라고 인정받고 싶은 심정이 더 앞섰던 것이 아닌가 반성합니다.

다음으로는 많은 사람들을 포용한다 하면서도, 속으로는 미워한 것을 반성합니다.

여러 차례 선거를 치르면서 모든 경쟁자를 미워하진 않았지만 유독 저에게 독설을 퍼부은 경쟁자, 사실에 근거하지 않은 비판을 하는 사람, 유언비어를 만드는 사람을 미워했습니다. 그러나 따지고 보면 저도 선거 때 독설을 하였을 것입니다. 저에 대한 관심이나 공직자에 대한 의구심으로 당연히 의혹을 제기할 수도 있는 것인데, '비판을 사랑하라'는 경구를 모르는 바 아님에도 제 중심으로 생각하면서 그 미움을 오래 간직하고 살았습니다. 선거 당시나 시정을 수행하면서는 당연히 받아야 할 비판과 비난조차 섭섭한 마음을 가지면서 당사자들을 미워했습니다. '나는 배려를 많이 했는데 네가 배신해서, 나는 잘했는데 너의 오판과 악의 때문에' 비판하고 비난한다고 생각하면서 그들을 미워한 것입니다. 그러면서 한편으로는 저를 합리화시키기 위하여 '용서'라는 교만함을 택하기도 했습니다. 누가 누구를 용서해야 하는 것인지, 용서라는 말이 가당키나 한 것인지 확실하지 않은 상태에서 달라이 라마의 수제자라도 된 양 행동했습니다.

마지막으로 고위공직자는 성직자 수준의 금욕과 절제가 필요한데 그러하지 못했던 점을 반성합니다.

좋은 음식을 먹고 마시고, 큰 차를 타고 다니며, 크고 작은 혜택을 누렸습니다. 이런 점에서는 지난번 방문한 프란치스코 교황님의 검소함과 겸손함, 그리고 사랑의 실천에서 많은 감동을 받았을 뿐만 아니라 큰 교훈을 얻었습니다. 고위공직자는 수많은 사회적 약자를 껴안고 가야 하는 사람으로서 그분들께 떳떳하지 못한 점이 없어야 했습니다.

이제 자유인이 된 저로서는 위선적인 행동을 할 필요가 없고, 누구를 미워할 이유도 없습니다. 절제하는 삶이 의무는 아닐지라도 그렇게 살아야 하는 입장과 단계에 와 있습니다. 제가 특히 세 가지를 반성하면서 후회되는 것은 선거를 치르는 공직자의 길을 선택했다는 점입니다. 시정의 성과나 보람과는 별개로 제 스스로에게는 많은 회한이 있음이 분명합니다.

영국의 작가이자 교수인 로먼 크르즈나릭은 직업을 갖는 것은 돈을 버는 것, 사회적 지위를 얻는 것, 더 나은 세상을 만드는 데 기여하는 것, 열정을 따르는 것, 재능을 활용하는 것이라고 했습니다. 그런데 공직자가 되기 위해서는 이 다섯 가지 중에서 세상에 '기여'하는 것이 가장 중요한 지표가 돼야 하며 다른 네 가지는 불필요하거나 아니면 지극히 지엽적인 문제라고 생각합니다. 특히 고위 공직자는 아무리 자기관리를 해도 모자라지 않음을 다시 한 번 깨닫습니다.

저는 그동안 스스로의 행동과 사고의 얄팍함을 반성하며 앞으로의 여생에서 실수를 조금이라도 줄이면서 살아야겠다고 다짐합니다.

천 천 히 ， 천 천 히 걷 는 다

제3장 향기가 있는 하루

마음이 복잡할 때는

오랫동안 머무는 공간을 재정비해 보시길 권합니다.

덜어내고 닦아내어 한결 가볍고 환해진 마음으로,

선명하고 신선한 세상으로

성큼성큼 걸어가시길 바랍니다.

이제 다시 시작입니다

내려놓음으로 얻은 자유

저는 매일 헬스클럽에서 새벽운동을 하고 있습니다. 그리고 주중에는 제 공부방 근처인 시청 앞 가로수길을 자주 걷고, 주말이면 집 근처인 유등천을 따라 걷습니다. 새벽운동은 의무적이고 습관적으로 하는 것이라 마음의 여유를 찾기는 어렵습니다. 그러나 시청 앞, 가로수길과 유등천을 걸을 때는 전혀 느낌이 다르지요. 시시때때로 모양과 빛깔이 다른 나무와 꽃을 보고 날마다 다른 사람들의 얼굴과 복장을 보기 때문입니다.

시청 앞 가로수길은 샘머리 공원과 보라매 공원이 자연스럽게 이어져 있고, 사계절 내내 나무와 꽃들의 빛깔이 달라집니다. 봄의 연두빛으로 시작하여 여름의 진초록빛, 그리고 가을의 단풍과 낙엽으로 이어집니다. 붉은 영산홍이 가장 두드러지지만 진달래, 벚꽃, 철쭉, 비비추, 옥잠화 등도 앞다투어 자태를 뽐냅니다.

산책은 시간의 제한을 받을 필요도 없으며 정해진 목적지에 도착할 이유도 없습니다. 문득 외로움을 느낄 때, 일상에 매여 있는 질서를 깨고 싶을 때, 꽃과 나무, 그리고 벌과 나비들을 더 가까이 들여다보고 싶으면 산책을 나섭니다. 고독과 함께 하는 것이야말로 진정한 자유이며 독립적인 삶의 모습을 스스로 만드는 것이라고 생각합니다. 걷는 동안 저처럼 혼자인 사람도 만나지만, 삼삼오오 소곤거리며 걷는 무리도 보게 되고, 어느 때는 유모차를 끌고 가는 젊은 엄마와 아이와 눈을 맞추며 평화로운 시간도 가집니다. 마치 도시의 건물과 자연과 사람이 원래 하나였듯이 그 공간으로 나를 천천히 이동시키기만 하면 됩니다.

어느 때는 사진도 찍어 보고, 영산홍이 빨강, 분홍, 연분홍, 흰색 등 빛깔이 다양하다는 것도 알게 되고, 벤치에 앉아 사색에 잠기기도 합니다. 여름에는 매미소리가 요란해 사색에 방해를 받기도 하지만 그 소리가 싫지 않고 정감 있게 들립니다. 시청 앞 가로수길 입구에는 일본군 위안부 문제를 제기하는 의미의 '평화의 소녀상'이 자리하고 있습니다. 오며가며 잠깐씩, 눈과 마음이 소녀의 얼굴에 머물다 갑니다. 뜯겨진 머리카락, 땅에 딛지 못한 맨발의 발꿈치, 어깨 위의 작은 새, 빈 의자, 그림자와 흰나비를 보고 있노라면 그분들의 한이 제 가슴에 먹먹하게 전해져 오기도 합니다.

여름날의 무더위가 기승을 부려도, 주말 해질 무렵 유등천 변에 나서면 시원한 바람이 반가이 맞아줍니다. 물이 졸졸 흐르고, 그 위에 새들은 한가로이 부리를 세우고 피라미, 붕어, 메기, 새우, 송사리들을 기다리고 있으며, 보행로를 사이에 두고 양 길가로는 풀과 꽃들이 뒤엉켜 있는 모습이 친근감을 갖게 합니다. 이러한 공간에서 산책을 하고 난 날이면 만족감이 충만해집니다. 이런 날이 많을수록 인생도 그만큼 길고 풍요로워지지 않을까요?

사실 제 건강의 일등공신은 새벽운동인데도 불구하고 요즘은 운동방식이 불만입니다. 런닝머신 위에서 기계가 돌려주는 대로 걷고 남들처럼 앞에 있는 모니터의 TV 프로그램을 주시하는데, 불현듯 이러한 피동적인 운동방식이 마음에 안 들기 시작했습니다. 기계에만 몸을 맡긴 채 저 자신을 잊는 것 같아서입니다. 그래서 최근에는 런닝머신 위에 오르지 않고 실내를 걷고 있습니다. 걸으니까 생각도 하게 되고, 다른 사람들의 운동하는 모습도 보며, 마주치는 사람들과 눈인사를 나누기도 하는데 그것이 훨씬 더 인간적이고 주체적이었습니다. 운동 방법의 작은 변화를 통해 일상을 다시 바라볼 수 있다는 부가소득도 얻고 있지요. 이렇게 홀로 유유자적 걸으면서, '내려놓음으로 얻은 자유'를 새삼 온몸으로 실감하고 있습니다.

단순화하는 것의 즐거움

　새해라고 제가 사는 집의 구조를 이리저리 조금씩 바꾸기로 했습니다. 십수 년을 붙박인 듯 살았던 집이기에, 새롭게 변모할 공간이 과연 어떤 모양으로 탈바꿈할지 궁금하고 기대를 하면서 일을 저질렀습니다. 마침내 변신을 마친 저만의 공간은 무척 마음에 들었습니다.

　거실로 쓰던 가장 넓은 공간에 놓여 있던 TV와 좌탁, 덩치 큰 소파를 치우고 양쪽 긴 벽면에 나무로 책장을 짜 넣었습니다. 좌탁이 있던 공간에는 직사각형의 6인용 원목탁자와 의자를 배치하고 한쪽에 PC와 독서 전용 의자를 두었습니다. 낮은 책꽂이 위쪽으로 벽에 어울리는 그림을 걸고 둥근 양탄자를 깔았더니 평범했던 거실이 마치 북카페 같은 분위기의 독서공간으로 변모했습니다.

대신 서재로 쓰던 작은 방은 지인들의 수다공간으로 꾸몄습니다. 아끼는 오디오 기기 옆으로 부엌에서 자리만 차지하고 있던 와인 셀러를 옮기고, 방 가운데에 북 모양의 둥근 좌탁을 놓고 주위로는 단정한 방석을 둘러놓았습니다. 그랬더니 그간 책 더미에 묻혀 본 모습을 드러내지 않던 공간이 매우 독특한 사랑방으로 탈바꿈했습니다.

이번에 저는 오랫동안 머물던 익숙한 장소의 외관을 멋지고 안락한 공간으로 전환하면서 내면에 얽혀있던 생각들을 정리했습니다.

무언가를 버리는 일은 짐작했던 것보다 훨씬 많은 집중과 시간, 에너지를 필요로 하더군요. '이걸 버려야 할까, 다시 쓰게 될 일은 없을까', 매순간 선택의 기로에 내밀립니다. 해보신 분은 아시겠지만 이런 선택은 절대로 쉬운 일이 아닙니다. 그러다 어느 순간 그동안 내가 필요한 것보다 너무 많은 도구와 집기에 둘러싸여 있다는 사실을 깨달았습니다.

몇십 년을 끌어안고 살았던 빛바랜 책들과 가구들을 버리려다가도 그 물건이나 책을 처음 만났던 그 시절, 그 마음, 그리고 그와 관련된 추억으로 빠져듭니다. 그러기를 몇 차례 반복하다 보면 그동안 보관만 하던 것일지라도 차마 버리지를 못합니다. 특히 책에 관한 한, 남에게 사서는 주더라도 빌려주지는 않는 것을 모토로 삼고 있는 저로서는 '버리는 것도 기술'이라던 말이 새삼 이해가 되는 시간이었습니다.

나이가 들수록 물건이나 마음을 비우는 일은 점점 더 어려워집니다.

많은 것을 덜어냈음에도 불구하고 집안 곳곳에는 아직도 버리지 못한 제 삶의 편린이 더께처럼 쌓여 있습니다. 앞으로도 더욱 덜어내고 생활의 방식까지 조금씩 단순화하면서 제 본연의 모습으로 돌아갈 것을 다짐해봅니다. 집의 구조를 바꾸면서 느낀 점은 집의 모습과 내 마음 상태가 그리 많이 다르지 않다는 깨달음이었습니다.

마음 정리가 잘 되지 않는 분이 계시나면 자신이 가장 오래 머무는 공간을 재정비하여 보시라고 권해드리고 싶습니다. 때로는 해결책이 밖에서부터 오기도 하는 것이니까요. 소유하고 있는 모든 것이 결국 내 것이 아님을 알게 된다면 집착도 사라지겠지요. 덜어내고 닦아내어 한결 가볍고 환해진 마음으로, 선명하고 신선한 세상으로 성큼성큼 걸어가시길 바랍니다.

시인으로 살고 싶다

저는 어렸을 때부터 소설가가 되는 꿈을 꿨지만 시(詩)인이 되고 싶다는 생각은 하지 않았습니다. 시는, 왜 그랬는지, 어렵고 위선적이라고 생각했습니다. 약간 말장난같이 느껴져 거부감이 있었던 것 같기도 합니다.

그런데 어느 날 문득, 시를 쓰고 싶은 충동을 느꼈습니다.

처음 계기는 한밭대 총장 시절 출근길에 매일 마주하는 풍경 때문이었습니다. 학교에 가까워질수록 시야에 차오르는 계룡산의 멧부리는 하늘보다 더 높아 보였습니다. 그 장관을 빨리 보고 싶어 출근시간을 앞당길 정도였습니다. 그뿐만 아니라 연분홍빛 햇살이 피어오르는 아침, 캠퍼스에 들어서면 좀 전까지 저를 긴장시켰던 많은 상념을 잊게 하는 또 다른 풍광을 볼 수 있었습니다.

계룡산의 멧부리를 휘돌아가는 구름, 산등성이를 기어오르는 아침 안개, 여인의 한복 옷고름처럼 휘날리다 불꽃처럼 번져가는 가을 단풍, 싱그럽고 향긋한 바람 몇 조각이 살결을 스쳐갔습니다. 순간, 저는 살아있음에 감사와 희열을 느꼈습니다. 이 아름다운 순간들과 제게 충만한 감성을 언어로 붙잡을 수 있다면 저도 시인이 되고 싶었습니다.

그러나 공교롭게도 그 후 저는 세상을 바쁘게 살았고 이미 예정된 일정을 소화하기 바쁜 직책을 맡았습니다. 아침부터 밤늦게까지 뛰어다니다 보면 시를 생각할 여유가 없었습니다. 그렇게 4년 동안, 산적한 문제들을 해결해야 한다는 사명감으로 열심히 활동했는데 어느 날 갑자기 굴욕감과 공허함이 엄습했습니다. 밤이면 도무지 잠을 이루지 못하겠더군요.

그 고통스러운 시간은 자신에 대한 성찰과 반성의 시간이었고, 다양한 미래에 대한 호기심과 도전 정신을 되살리는 시간이었고, 지적 결핍에 대한 연찬과 충전이었으며, 업적주의에 사로잡혀 세속화되어 가던 영혼의 복원이었습니다. 그리고 자유를 향한 설렘의 계기가 되었습니다. 그때부터였던 것 같습니다. 시를 쓰기 시작했습니다. 시를 쓰고 또 읽으면서 마음 속 밀실의 문을 열고, 생각과 감정을 공유하는 광장으로 나아갔습니다.

하지만 시는 쓸수록 어려웠습니다.

"시는 인간의 심성 그 자체를 내용과 형식으로 만들어지는 유일한 예술"이라고 권영빈 교수는 말했습니다. 마치 인생처럼 시 쓰기가 너무나 어렵게 느껴지더군요. 다산 정약용이 시를 쓰는 어려움을 토로한 바 있는데, 그는 "시를 쓰려면 하늘과 사람, 본성과 천명의 이치를 알아야 한다."고 했습니다. 그러면서 "자연스럽게 하는 것이 시를 쓰는 데 있어 첫 번째 어려움이고, 해맑으면서 여운이 있도록 하는 것이 두 번째 어려움"이라고 했습니다.

이처럼 하늘과 사람의 이치, 자연스러움과 여운을 생각하자 시를 쓰기가 더 어려워졌지만 시 쓰는 도전을 포기하지 않았습니다. 그나마 다행이라면 제 나이가 인생을 이해할 나이가 되었음이랄까요. 시는 역시 인생 그 자체란 말이 공감이 되더군요.

시를 쓰지는 못하면서 시에 대해서 많은 생각을 합니다. 시의 핵심적 속성은 축약해서 표현하는 데 있기 때문에, 시쓰기의 핵심은 종이 위에 단어를 늘어놓는 것이 아니라 불필요한 것들을 골라내어 버리는 데 있습니다. 그 때문인지 시인 에드윈 A. 로빈슨은 젊어서는 짧은 시를 많이 썼으나 나이가 들고 나니 시를 짧게 쓰는 것이 매우 힘들다고 토로한 적이 있습니다. 나이가 들고 경험이 많을수록 많은 것에 애정과 집착을 갖게 되어 그런지도 모릅니다.

이렇듯 인간이나 사물, 그리고 자연의 복잡한 체계에서 핵심적인 의미를 발견하기 위해서는 버리는 과정이 필요합니다. 시작(詩作)뿐 아니라 삶을 운영하는 데에서도 하나만 제외하고 모든 것을 버린다는 것은 쉬운 일이 아닙니다. 그러나 버릴 것은 버려야 자유를 찾을 수 있습니다.

인생에서 접하는 모든 현상은 복잡하지만 인생에 적용할 수 있는 법칙은 매우 단순한 것과 같이, 많은 사물 중에서 가장 놀랍고도 의미 있는 아름다움을 감지하는 것은 시인의 몫인 것 같습니다. 다시 시를 쓰고 싶습니다. 이번 주말 연휴에는 지리산 속에 깊이 들어가 시 한 수 지어보겠다는 결심을 다시 합니다.

더 나은 사람이
되기 위한 떠남

지난 주말, 욕지도를 다녀왔습니다. 욕지도는 통영에서 32km 떨어진 섬으로, 통영시 욕지면의 39개 섬 중 가장 큰 섬입니다.

욕지도를 가는 길은 때마침 바다가 잠잠해서인지 마치 고운 물결의 호수를 지나는 듯 고즈넉했습니다. 우리나라 8경중 하나인 한려수도, 파란 해초와 백조가 어우러진 바다 풍경은 저의 감성을 충분히 흔들어놓았습니다. 그래서인지 배를 탄 승객들의 표정도 다채롭게 느껴지더군요. 왁자지껄 떠드는 사람, 조용히 명상에 잠긴 사람, 손 꼭 잡고 속삭이는 연인들, 이리 뛰고 저리 뛰는 아이들, 그저 서성대는 사람 등. 많은 이들이 지금 이 순간을 더불어 즐기고 있더군요.

통영 앞바다에서 가장 아름다운 섬들이 모여 '연화열도'를 이루고 있습니다. 연화열도의 중심 섬인 욕지도는 그중에서도 가장 빼어난 비경으로 유명합니다. 바다와 접하여 절벽을 이루었고 기암괴석으로 장관입니다. 이 지역은 고구마 등 특산물과 감성돔 같은 고급어종이 풍부합니다. 돌멍게와 고등어회는 신선하면서도 고소한 것이 내륙에서 맛볼 수 없는 풍미를 느끼게 했습니다 .

욕지도에서 짧은 시간을 머무는 동안 저희 일행은 비렁길(출렁다리)을 거쳐 천왕산을 오르기로 했습니다. 약간 흐린 날씨에 출렁다리를 건너가자니 확 트인 해안과 바다를 동시에 볼 수 있어 마음이 상쾌해졌습니다. 천왕산은 390m로 그리 높지는 않으나 욕지도와 인근 섬들, 그리고 남쪽 바다의 망망대해가 한눈에 들어왔습니다. 몇 년 전 다녀온 울릉도의 용봉산과 공통점도 있었지만 또 다른 맛을 느꼈습니다.

저는 대개 산을 오를 때는 목적이나 목표를 정하지 않고, 아무 생각도 하지 않으려 합니다. 등산을 하면서 심장이 뛰는 소리를 듣는 것을 좋아하고, 땀을 흘릴 때 쾌감을 느낍니다. 이 날도 역시 땅과 교감하며 땀을 흘리며 걷다 보니 내가 아직 살아있음을 환기했습니다.

이번에 욕지도를 다녀오면서, 한 달에 한두 번씩 국내 여행을 하기로 결심한 것에 내심 무척 만족했습니다. 우리의 일상이 어떤 질서에 매여 있는 것이라면, 여행은 거기서 벗어나 자유를 찾는 것입니다. 낯선 곳, 예측할 수 없는 풍경들과 만나는 것은 세상에서 내가 서 있는 자리가 어디인지, 사는 의미는 무엇인지를 돌아보고 알아낼 수 있는 기회라고 생각합니다. 어떤 분은 잠시의 탈출은 생존을 위한 에너지 공급원이라고 말했는데, 영혼의 안식처를 찾아 도피할 공간이 있고 그것을 이행할 건강이 있다는 것이 얼마나 감사한지 모르겠습니다.

비록 짧은 여행이지만, 욕지도를 다녀오면서 여행은 되돌아올 수 있기 때문에 떠나고, 좀 더 나은 사람이 되고 싶어 떠나는 것이라는 생각을 했습니다.

익숙한 것과 결별하고 낯선 곳에서 아침을 맞이하는 경험을 통해 나를 객관화할 수 있습니다. 또한 내 집에서와는 다른 공기와 경치를 조우하면서, 혹여 상처가 있었다면 그것 또한 바람에 날려 버릴 수 있을 것입니다. 글을 쓰다 보니 지난 주말, 바닷바람을 온몸으로 맞으며 올랐던 산의 절경이 다시 그리워집니다.

때론 밥보다
예술이 소중하다

    우리가 흔히 쓰는 말 중에 '영감(靈感)'이라는 단어가 있습니다. 주로 예술작품의 창작이나 새로운 생각을 촉발하는 힘을 말합니다. 그런데 따지고 보면 이 영감이라는 단어는 결코 가벼운 말이 아닙니다. 영감에서의 '영(靈)'은 신령이나 영혼의 준말이기 때문입니다. 영감의 사전적 의미는 '신의 계시를 받은 것 같은 느낌'입니다.

    '영감'이 우리에게 도달하는 방식은 각기 다릅니다. 어떤 이는 꿈에서 얻기도 하고 어떤 이는 일상 속 사물이나 자연에서 얻기도 합니다. 그런데 소수의 사람들은 종종 영감으로 빚어진 뛰어난 예술작품을 통해서 다시 영감을 얻는 행운을 누립니다. 빌 게이츠는 미켈란젤로의 그림을 보면서 느낀 영감으로 사업구상을 했다고 하며, 영국의 낭만주의 화가이자 작가, 윌리엄 블레이크의 열혈 팬이었던 스티브 잡스는 그의 미술이나 문학을 접하면서 사업구상을 했다고 알려져있습니다. 이렇듯 예술에서 얻은 영감은 종종 CEO가 새로운 사업과 같은 창조적 구상을 하는 데에도 자극을 줍니다.

저는 그림을 특별히 좋아하는 것도 아니고 감식안도 그리 높지 않은 편입니다. 특히 추상화는 난해해서 제대로 이해했다고 자신하지 못할 때가 대부분입니다. 그런데 얼마 전, 미술 공부 좀 해볼 겸 스위스 출신의 작가 알랭 드 보통이 쓴《영혼의 미술관》이라는 책을 맘먹고 정독한 후 생각이 많이 바뀌었습니다. 이 책은 해설을 곁들인 일종의 화보집으로, 알랭 드 보통이 직접 엄선한 예술작품 140여 점이 수록되어 있습니다. 이 중에 미국의 추상화가 사이 톰블리의 〈파노라마〉라는 작품이 있습니다. 검은 배경위에 무질서한 흰색 선들이 산만하게 그려져 있는 이 작품을 보는 순간 그림에 문외한인 저조차도 작가가 고통, 고민, 번뇌 등 인간 내면의 갈등을 묘사했다는 것을 직감할 수 있었습니다.

비단 그림뿐 아니라 나아가 문학, 음악, 무용 등 모든 예술은 작가의 심오한 세계인식을 자신만의 표현법으로 타인에게 전달하는 수단이 될 수 있습니다. 과학으로 입증할 수 없는 것도 예술작품을 통해서 충분히 설명할 수 있습니다. 예를 들어 시인인 엘리자베스 스파이너스는 '영원'이라는 세월의 길이를 설득력 있게 표현했습니다.

"단단한 암벽으로 된 세계에서 가장 높은 산 위로 100년 만에 한 번씩 한 마리 새가 지나가면서 그 날개의 끄트머리로 산꼭대기를 가볍게 스치고 간다고 해보자. 영원이란 그 새가 계속해서 스치고 날아가 마침내 산이 완전히 닳아 없어질 때까지 걸릴 만한 시간이다."

이 문장을 읽고 나면 그 누구라도 "바로 이것이 영원이구나!" 하고 무릎을 치게 됩니다. 이렇듯 예술은, 우리가 매우 중요하게 생각하지만 말로는 표현할 수 없는 그 무엇을 확인해 주는 능력을 가지고 있습니다.

예술은 사랑하는 대상이 떠난 후에도 계속 그 대상을 붙잡아 둘 수 있고, 우리의 풍요로움과 감수성을 회복시켜줄 수도 있으며, 슬픔을 치유해 줄 수도 있습니다. 따라서 우리가 예술과 관계를 맺는 가장 큰 이유는 알랭 드 보통이 말한 것처럼 "예술이 우리를 도와 더 나은 삶, 더 나은 자아로 이끌어 준다."는 확신이 있기 때문입니다. 세상을 살아가면서 예술과의 만남을 통해 우리 모두가 보다 나은 존재로 올라갈 수 있다는 것을 알게 된다면 어느 누가 예술을 소홀히 할 수 있을까요? 때론 예술이 밥보다 소중한 이유 역시 바로 이 때문입니다.

참됨과 아름다움의 융합,
문화예술

우리 사회에서 '문화'처럼 폭넓고 다양하게 쓰이는 단어는 없을 것입니다. '문화(culture)'의 어원이 '경작하다, 재배하다'라는 뜻을 가진 라틴어에서 파생된 것에서도 알 수 있듯이, 문화는 인간의 생존에 필수적인 생산활동과 불가결한 관계를 맺고 있습니다. 그러나 오늘날 일반적으로 쓰이는 문화의 개념은 신문의 문화면을 장식하고 있는 문학, 음악, 영화, 공연과 같은 주제들처럼 순수한 창작 영역을 뜻합니다. 그래서인지 많은 사람들이 문화를 예술이라고 말하기도 하고, 예술을 문화라고 부르기도 하는 등, 서로 혼용하여 쓰고 있습니다. 분명히 다른 개념임에도 불구하고 아예 둘을 합쳐 '문화예술'이라고 칭하는 경우도 허다합니다. 문화라는 말을 청소년 문화, 중산층 문화,

소비 문화라고 쓸 때는 어떤 사회적 경향이나 상황을 설명하는 경우입니다. 이러한 것을 전제로 유네스코는 지난 2002년, '문화란 한 사회 또는 사회적 집단에서 나타나는 예술, 문학, 생활양식, 더부살이, 가치관, 전통, 신념 등의 독특한 정신적, 물질적, 지적 특징'이라고 총체적으로 정의한 바 있습니다. 이렇게 본다면 예술은 문학, 생활양식, 가치관 등과 더불어 문화를 구성하는 한 요소가 됩니다. 따라서 문화와 예술의 개념을 구별하여 제대로 사용할 필요가 있습니다. 예술을 문화의 넓은 범위에 속하는 한 분야로 볼 수도 있기 때문에, 문화와 예술은 아버지와 아들의 관계로 지칭되기도 합니다.

그러나 반대로 예술을 넓은 뜻으로 해석하게 되면 앞의 경우처럼 예술을 문화의 한 구성 요소로 단정하기는 애매합니다. 왜냐하면 예술은 문학, 음악, 무용, 드라마 등 개인의 창작 활동을 의미하는 동시에 인문학의 많은 부분을 포괄하고 있기 때문입니다. 뿐만 아니라 예술은 과학과의 연관성 속에서 완성된다는 특징이 있습니다. 그래서 《통섭》의 저자 에드워드 윌슨은 "과학은 예술의 직관과 은유의 힘을 필요로 하며 예술은 과학으로부터의 신선한 수혈을 필요로 한다."고 했습니다. 이렇게 볼 때 예술을 좁은 의미를 갖는 문화의 한 범주로만 규정하기에는 많은 부담이 따른다는 것이 제 생각입니다.

크게 의미를 부여하지 않고 '문화예술'이라는 말을 사용하는 사람들이 적지 않습니다. 이에 대해 대구문화재단의 문무학 대표는 "예술이라고 써야 할 곳에 문화예술이라는 용어를 쓰는 것은 지양해야 한다."고 말합니다. 문화 속의 예술이기 때문에 예술을 말하고자 할 때는 그냥 '예술'로만 쓰면 된다는 것입니다. 그러나 저는 '문화예술'이라고 써도 틀린 것은 아니라고 생각합니다. 예술보다는 더 넓은 개념이면서 문화보다는 좁은 개념으로 문화예술이라는 용어를 쓸 수도 있다고 보기 때문입니다. 그러나 이러한 상황에 해당하지 않을 경우에는 문화와 예술을 구별해 쓰는 것이 타당하다고 봅니다. 그런 의미에서 재임 중 '대전문화예술의 전당'을 '대전예술의 전당'으로 개칭하였습니다.

현대인은 문화의 홍수 속에 살고 있습니다. 문화적 산물이 풍부하게 공급되고 있는 것입니다. 그러다보니 갈수록 문화의 상업성과 대중성이 강화되고 있습니다. 현대적 의미의 문화는 먹고, 입고, 즐기는 것에서부터 전통과 관념의 차원까지를 포함하는 생활양식이 되었지만 역시 문화의 특징은 그 '세련성'과 '교양'에 있습니다. 예술도 문화와 크게 다르지 않으나 예술의 본질적 속성은 '참됨'과 '아름다움'이기 때문에, 예술의 창조성과 우수성은 결코 쇠퇴하지 않고 인간의 역사와 함께 변화하고 발전할 것입니다.

인류가 남긴 최고의 예술, 오페라

저는 오페라를 좋아합니다. 그런데 제가 다른 사람들에게 '오페라를 좋아한다'고 밝히면 매우 생뚱맞고 의아하다는 눈빛으로 저를 보시는 분들이 많더군요. '대체 왜 그럴까'를 곰곰 생각하다 저의 생김새나 풍기는 이미지에서 무언가 오페라와는 어울리지 않는 면이 있기 때문이라는 걸 최근에야 알았습니다. 그러나 저 역시 처음부터 오페라를 좋아한 것은 아니었습니다. 우연찮은 기회에 '오페라단 후원회'에 참여하면서 자연히 오페라를 접할 기회가 많아지다 보니 점점 더 흥미를 느끼고 오페라의 매력에 빠져들게 되었습니다. 우리나라에서 공연되는 오페라는 거의 감상했으며 창작 오페라《황진이》는 제작에 참여하기도 하였습니다. 그래서 오늘은 제가 좋아하는 오페라에 대한 이야기를 해볼까 합니다.

오페라는 귀족들이 즐기는 음악이었기에 대중이 접근하기 어려운 분야라고들 합니다. 물론 아주 틀린 얘기는 아닙니다. 무대에서 부르는 노래들의 전달력이 떨어져 난해하게 느껴지며, 울거나 웃거나 싸우는 것까지도 노래로 부르니까 너무 작위적인 것 같아 현실감이 떨어집니다. 그렇다 보니 오페라를 제대로 즐기기 위해서는 음악에 대한 해석력은 필수이고 상식과 교양의 수련이 요구됩니다. 게다가 다른 장르에 비해 입장료가 비싸서 귀족까지는 아니어도 어느 정도 경제적 여유가 있는 사람들이 즐기고 있는 것도 사실입니다.

이러한 지적에도 불구하고 저는 오페라야말로 인류가 남긴 최고의 예술이라고 생각합니다. 오페라는 음악, 문학, 연기, 무용, 의상, 미술 등을 망라한 가장 화려하고 거대한 종합예술입니다.

오페라의 역사는 좀 특이합니다. 400여 년 전 이태리의 피렌체에서 처음 오페라가 탄생되기 이전에, 클래식 음악은 귀족들의 전유물이었습니다. 음악의 연주 장소도 음악당이 아니라 왕궁이나 귀족의 저택이었습니다. 오페라 역시 처음에는 귀족을 포함한 소수가 즐기면서 시작되었지만, 공연의 규모가 커지면서 신흥 상인계급을 포함한 다양한 사회 계급이 소비하게 됨으로써 활성화되었습니다. 때문에 당시에는 현대에서와 달리 '공연의 민주화'에 크게 기여했다는 평가를 받은, 다소 아이러니한 역사를 가지고 있습니다.

오페라의 형식 또한 다른 공연 장르와 차이가 있습니다. 먼저 오페라에는 대사가 없습니다. 빛나는 아리아가 불리우고 난 후 아리아와 아리아 사이에는 주인공이 처한 상황, 스토리 전개를 설명하는, '레치타티보'라는 다른 형태의 노래가 이어집니다. 즉 오페라는 아리아와 레치타티보가 반복되는, 음악과 문학의 결합이라는 매력과 묘미가 있습니다.

　아름다운 아리아는 남녀노소 모두를 매료시키는 위력을 가지고 있습니다. 우리나라 사람들이 좋아하는 3대 아리아는 모차르트의 《마술피리》 중 '밤의 여왕의 아리아', 푸치니의 《투란도트》 중 '공주는 잠 못 이루고' 그리고 푸치니의 《잔니 스키키》 중 '오! 사랑하는 나의 아버지'로 알려져 있지만 이 외에도 수많은 명작 아리아가 있습니다. 특히 공연을 직접 보면서 듣는 오페라 속의 아리아는 누가 언제 들어도 감동적입니다.

　오페라는 부르는 가수들의 성부(聲部)에 따라 주연과 조연으로 나뉘고, 등장인물의 캐릭터가 정해지는 특성이 있습니다. 대체로 여자 주인공은 소프라노, 남자 주인공은 테너이며 악역은 주로 바리톤과 베이스 차지인데 보통은 악역이라기보다 사랑의 훼방꾼 역에 더 가깝습니다. 오페라에서 메조소프라노나 바리톤이 주역을 맡는 경우는 아주 드물기 때문에 오페라는 소프라노와 테너를 위해 만들어 놓은 장르라고도 할 수 있습니다.

이런 상식 몇 가지를 염두에 두고 내용에 대한 배경지식을 찾아본 후, 오페라를 즐긴다면 제아무리 문외한이라 해도 자연스레 오페라의 매력을 느낄 수 있지 않을까 생각합니다. 오페라가 태어난 지 4세기가 지난 오늘날까지도 예술의 최고 자리를 내놓지 않고 있는 데에는 그만한 이유가 있습니다. 오페라를 즐기는 것은 멋진 인생을 위한 훌륭한 선택이 될 것임을 믿어 의심치 않습니다.

　한 여름 밤, 하늘 높이 떠 있는 별을 바라보며 오페라의 아리아를 듣는 것 또한 무더위를 날려버릴 수 있는 좋은 선택이 될 것입니다.

잊지 말아야 할
우리의 학문

지금 우리나라 대학에서는 인문학 전공을 통합하거나 폐과하는 등 인문학의 고사가 진행 중인데, 한편에서는 인문학 열풍이 부는 모순된 현상이 벌어지고 있습니다. 연세대 신학과 김상근 교수는 많은 사람이 인문학에 관심을 갖는 것은 좋지만 자칫 '힐링의 도구'로 전락하지 않을까 하는 우려를 제기하고 있으며, 많은 인문학 프로그램을 진행한 정진홍 교수도 인문학이 흥행의 대상 혹은 유행의 첨병이 되는 것에 대해 우려를 표명하고 있습니다. 경제 분야 인기강사 최진기 씨도 인문까지 자본의 '주구'가 되는 것을 안타까워하고 있습니다.

위에서 언급한 분들이 우려하고 있는 점은 대체로 인문학의 정신이나 방향의 왜곡이라고 보여져 일리가 있으나, 인문학이 힐링의 도구, 흥행의 대상, 또는 자본과 결합하는 것을 부정적으로 볼 것만은 아니라고 생각합니다. 이로 인해 인문학 붐이 일고 있고 또 많은 인문학자나 학술단체에서 '인간에 대한 학문' 본연의 정신을 탐구하기 위한 새로운 노력을 시도하고 있으며 그 결과 인문학은 개인의 덕성 함양 수단으로 끝나는 게 아니라 공동체의 미래에 대한 희망을 불러오고 있습니다.

그동안 인문학을 연구한 많은 기관이 있으나, 먼저 2005년부터 매달 한 차례씩 인문학 조찬 특강인 '메디치 21'을 주최한 삼성경제연구소의 노력을 높이 평가하고 싶습니다. 매회 수많은 청중이 모였고, 그 결과를 묶어 정진홍 교수는《인문의 숲에서 경영을 만나다》를 3권까지 출판하며 동서양의 고전을 일상의 삶과 결부하여 풍부한 소양과 지혜를 전하고 있습니다.

또 하나의 노력은 '재단법인 플라톤 아카데미'의 출범입니다. 2010년에 공익재단으로 설립된 플라톤 아카데미는 연세대, 서울대, 경희대, 고려대를 순회하면서 매회 1,2천명 이상의 청중 앞에서 동양고전, 서양고전, '나는 누구인가', '어떻게 살 것인가', '어떻게 죽을 것인가' 등의 강좌를 진행하였고, 그것을 '플라톤 아카데미 총서'로 발간했습니다. 젊은이들에게 인기가 많은 강신주, 고미숙, 박웅현, 이지성 씨 등 비교적 젊은 작가들의 강의 동영상과 출판물은 인문학 붐을 일으키는데 크게 기여하였습니다. 그 결과, 이제는 소도시에서도 인문학 학술 동아리나 인문학 교실 등의 활동을 쉽게 접할 수 있습니다.

이런 분위기에서, 평소 제가 인문학을 강조하는 것을 알게 된 학생들이나 주변인들로부터 '무슨 책을 먼저 읽는 것이 좋으냐'는 질문을 자주 받습니다.

그분들에게 저는 고전소설을 먼저 읽으라고 권합니다. 철학 서적은 이론적, 개념적, 논쟁적인 데 반해 소설은 삶의 구체적인 이야기이기 때문에 손쉽게 접근할 수가 있고 철학, 심리학, 사회학, 역사학, 인류학 등 모든 분야가 녹아 있습니다. 안상현 씨의《인문학 공부법》에서는 소설을 스토리 위주, 아름다운 문장 위주, 그리고 새로운 삶의 방식을 고민하게 해주는 내용 위주로 읽어야 하는 책으로 구분하고 있습니다. 물론 이 세 유형으로 구분할 수 있는 소설도 있지만, 때로 한 소설에 세 가지가 결합되어 있기도 합니다. 한 작가가 평생을 고민한 삶에 대한 가치들이 주인공의 말을 통해서 간결하고 집중적으로 드러나는데 이 얼마나 소중한 가르침인가요?

수많은 소설이 있지만 그동안 제가 읽고 감명 받은 몇 개의 소설을 소개하고 싶습니다. 톨스토이의《안나 카레니나》,《부활》, 셰익스피어의《햄릿》, 니코스 카잔차키스의《그리스인 조르바》, 밀란 쿤데라의《참을 수 없는 존재의 가벼움》, 헤르만 헤세의《데미안》, 빅토르 위고의《레 미제라블》, 조정래의《정글만리》, 김훈의《남한산성》그리고 고교시절 저에게 깊은 감동을 준 최인훈의《광장》을 추천합니다.

혼자서 인생과 맞서는
법을 터득한 사람

지난주에는 영국의 여행 잡지 《트레블러》가 '꼭 가봐야 할 세계 7대 명소'로 꼽은 일본의 나오시마(直島)에 다녀왔습니다. 이 섬은 자연과 건축과 예술의 공존에 초점을 맞추어 조성한 '예술섬'입니다. 일본의 출판·교육 기업인 베네세가 나오시마의 문화와 자연을 복원하겠다는 '나오시마 프로젝트'를 추진하였고, 여기에 일본의 세계적인 건축가 안도 다다오가 동참하여 만들어진 예술품이 오늘날의 나오시마입니다.

나오시마 내의 핵심적 관광지는 지중(地中) 미술관, 이우환 미술관, 그리고 베네세 하우스가 있는 아트지구입니다. 지중 미술관은 나오시마의 아름다운 자연경관을 해치지 않도록 건축물 대부분을 땅 속에 숨겨 놓았지만 지하에도 자연광이 풍부하게 들어올 수 있도록 설계했습니다. 그래서 계절과 시간에 따라 빛의 강도와 방향이 바뀌고, 이에 따라 공간이나 작품의 모습 자체가 변화하는 것을 볼 수 있습니다. 환상적인 모습이 아닐 수 없습니다.

지중 미술관에는 클로드 모네, 월터 드 마리아 그리고 제임스 터렐 외 작품이 있습니다. 모네의 대표적 작품인 '수련' 5점은 조명 없이 자연광으로만 감상할 수 있도록 설계되었으며 그림과 공간을 일체화하기 위하여 전시실의 크기나 디자인을 완벽하게 조화시켰습니다. 마리아의 작품은 전시실 한가운데 놓인 묵직한 질감의 구체(球體)인데 자연광으로 구체의 사면에 그림자를 드리우게 함으로써 회화적 효과를 나타냈습니다. 터렐은 빛 자체를 예술로 제시하기 위해 지붕을 직사각형으로 뚫어 하늘과 마주하게 하였습니다.

베네세 하우스는 미술관과 호텔을 결합한 리조트인데 실내외를 불문하고 어느 공간에나 세계적인 작가들의 작품을 전시하고 있습니다. 이우환 미술관도 자연과 건물과 작품이 서로 호응하는 생동감 있는 공간입니다.

안도 다다오 작품은 많은 이들이 완벽한 기하학의 구사, 자연과 건축물의 조화, 재료의 지속적인 탐구정신을 그 특징으로 꼽고 있지만 결국, 건축가 황철호 교수의 '노출 콘크리트로 쓰는 시(詩)'라는 말에 가깝지 않나, 하는 생각을 해봅니다.

저는 예술가로서의 안도 다다오 뿐만 아니라 그가 이룩한 모든 것이 인간승리의 표본이라는 데 더 큰 의미를 둡니다.

안도 다다오는 하버드대와 동경대의 교수를 역임했지만 그 자신의 최종 학력은 공고 기계과 졸업이 전부입니다. 본인의 고백에 의하면, 그마저도 학교를 잘 다니지 않아 학교에서는 배운 게 별로 없습니다. 졸업 후에는 잠시 권투선수가 되었다가 막노동으로 공사현장을 전전하였습니다. 그러다가 어느 순간 긴 방황에서 자기 길을 발견한 그는 '독학과 현장답사'를 통해 세계 최고 건축가의 반열에 올랐습니다. 건축을 전공하지 않은 그가 할 수 있는 일은 오로지 책을 읽는 것과, 설계실에 머물지 않고 현장답사를 통해 오감으로 그 공간을 체험하는 일이었습니다. 지금도 다다오는 하루에 두 시간 정도 책을 읽고 있으며 작품의 구상 과정에서 현장체험을 수시로 하고 있습니다.

《건축을 시로 변화시킨 연금술사들》을 쓴 황철호 교수는 안도 다다오의 작품을 칙칙한 재료를 시적으로 승화시키고, 자연과 빛을 조화시키며, 완벽하고 섬세한 디테일이 있다고 평합니다. 그러나 저에게 안도 다다오의 의미는 이러한 예술가로서의 성과를 넘어선 곳에 있습니다. 그는 혼자서 배우고, 혼자서 자신의 인생과 맞부닥뜨리는 방법을 터득한 멋진 사람입니다.

사랑이라 쓰고
모른다고 답하라

사랑이란 말처럼 멋지고, 아름답고, 가슴 떨리는 단어는 없을 것입니다. 사랑은 불가사의한 마력을 가지고 있고 놀라운 기적을 만드는 힘이 있습니다. 피카소나 괴테는 80세가 넘어서도 사랑을 했고, 그 사랑의 힘으로 위대한 예술작품을 남겼습니다.

그러나 순수하다고 믿었던 사랑은 언제든지 변할 수 있고, 사랑의 속성은 기쁨보다는 아픔이, 설렘보다는 가슴앓이가 더 많습니다. 온전한 사랑을 이루기 위해서는 아픔과 슬픔의 강을 건너야 하고 가슴 밑바닥에서 올라온 진한 눈물을 흘려야 하고, 쓰라린 상처를 견뎌야 하고 이별을 극복해야 합니다.

그리고 사랑의 결실이 결혼생활과 같은 일상으로 구체화될 때, 투명하고 신성하기만 하던 우리의 사랑은 땅으로 내려오면서 심한 균열을 일으킵니다. 사랑의 작가로 세간에 알려졌지만, 사랑에 관한 한 회의론자인 알랭 드 보통의 말이 실감이 됩니다.

"사랑은 사랑에 대한 갈망과 연인이 된 후의 짜증, 두 극단 사이를 왕복한다."
"상대에 대한 정보가 불충분할 때 사랑이 성립된다."

부정하고 싶은 말이지만 부정하기 어려운, 씁쓸한 이야기이지요.

그러나 인생에도 정답이 없듯이 사랑에도 정답은 없습니다. 개인의 생각과 의지, 성격과 성향, 환경과 인생의 계기에 따라 사랑의 모습은 달라질 수 있습니다. 감각적이거나 육체적인 욕망에 초점을 맞춘다면 알랭 드 보통의 말대로 시간이 지나고 상대를 더 많이 알수록 신비스러움은 사라지고 싫증이 나겠지요. 그러나 상대를 더 많이 파악하고 이해하고 나면 진정한 신뢰와 배려라는 다른 차원에서 관계를 발전시킬 수 있습니다. 소유욕이나 탐욕이 아니라 상대에 대한 이해를 기반으로 이루어지는 것이 진정한 사랑입니다.

가을 마중

지난 몇 해 동안 바쁘게 살아서인지 가을이 오는가 싶으면 바로 지나가더니, 올해는 가을 정취가 오래 이어지는 것 같습니다. 며칠 전 어느 지인이 갑자기 가을 마중을 가자고 제안했습니다. 잠시 망설였으나 목적지가 가보지 않았던 곳이어서 호기심에 길을 나섰습니다. 덕분에 황홀한 가을에 취해, 가을 향기를 흠뻑 맡고 돌아왔습니다.

우리가 간 곳은 충남 서천의 신성리 갈대밭이었습니다. 신성리 갈대밭은 금강을 끼고 6만 평쯤 되는 널따란 곳인데 우리나라의 이름난 4대 갈대밭 중의 하나입니다. 그 곳의 갈대는 어른 키보다 훨씬 컸으며 미로를 걷는 듯 좁은 길 양 옆으로 갈대들이 춤을 추고 있었습니다. 가끔 바람이 불면 갈대는 서로 부딪히며 지상에서 듣지 못하던 신비한 음률을 들려줍니다. 갈대밭 뒤로 펼쳐지는 황금빛 들판은 갈대밭과는 색깔과 높이가 대조를 이루었으나 오히려 그것이 편안함을 느끼게 합니다.

신성리 갈대밭을 충분히 거닌 후, 얼마 떨어지지 않은 홍원항으로 갔습니다. 해질 무렵 서해 낙조는 제가 지금까지 보아온 낙조 중에서 가장 아름다웠습니다. 저녁노을에 물든 바다, 그 위를 날아가는 갈매기, 이를 물끄러미 바라보는 등대는 사진전에 전시된 사진을 보는 것 같았고, 바다 한가운데 떠 있는 돌섬은 마지막 빛까지 남김없이 오래 머금으려는 듯 검은 입을 벌리고 있었습니다.

이곳에 와 빼놓을 수 없는 것이 식도락입니다. "집나간 며느리도 전어 굽는 냄새를 맡으면 돌아온다."는 가을 전어의 뼈는 이미 딱딱 해졌으나 여전히 속살만큼은 지방이 풍부해 고소한 맛이 으뜸이었습니다. 전어와 함께 제철을 맞은 꽃게도 맛보았습니다. 굽고 찌는 등 여러 종류의 요리 방식이 있지만 역시 매운탕이 제맛이었습니다.

모처럼 눈도 마음도 입도 호강을 한 행복한 날이었습니다. 얼마 전 학생들에게 '행복'에 대하여 강의를 한 적이 있는데, 오늘의 이 경험을 미리 알았더라면 더 훌륭한 행복 강의를 들려줄 수 있었을 것이라는 생각을 하면서 대전으로 향했습니다.

차 안에서 우리 일행은 약속이라도 한 듯 서로 아무 말도 하지 않았습니다. 제가 가을에 즐겨듣는 슈베르트의 '아르페지오네 소나타'만이 우리의 침묵 속을 유영했습니다. 이 곡은 슈베르트가 작곡한 많은 실내악곡 가운데 여전히 불멸의 위치를 차지하고 있는 곡이지요. 이 곡을 작곡할 당시 슈베르트는 비참한 생활을 하고 있었습니다. 밤마다 자신을 학대하면서 술과 색에 지친 몸을 차가운 침대 속에 쑤셔 넣는 것이 일상이었습니다.

오페라 평론가 박종호 씨에 의하면 슈베르트는, 아르페지오네 소나타를 쓴 뒤 의미심장한 말을 남겼다고 합니다. "나의 작품은 음악에 대한 나의 이해와 슬픔을 표현한 것입니다. 슬픔으로 만들어진 작품이 세계를 가장 행복하게 하리라고 생각합니다. 슬픔은 이해를 돕고 정신을 강하게 합니다."

내가 평소에 느끼는 슬픔 역시 슈베르트처럼 나의 정신을 강하게 해주는 것인지 고민하다가, 슬픔이 있더라도 오늘 같은 기쁨을 건질 수 있는 날들이 있어 그래도 삶은 살만한 것이라는 생각을 하고 있을 즈음 집에 도착했습니다.

누구를 위한 방송인가

메르스 유행 당시에는 온 국민의 신경이 날카로웠습니다. 자신이나 가족들에게 전염되지 않을까 하는 걱정, 확진환자와 사망자가 늘어나는 것에 대한 불안, 정부나 병원의 초기대응에 대한 불신이 팽배했습니다. 뿐만 아니라 메르스로 인해 바닥까지 내려온 경기 때문에 많은 국민의 심기가 매우 불편했습니다. 그런 와중에 어느 식사 자리에서 목소리 큰 누군가가 이렇게 말했습니다.

"그놈의 종편방송을 없애야 돼. 매일 선동적인 방송이 이어지니 국민이 더 불안해지지."

그러자 다른 분이 맞받아쳤습니다.

"그래도 종편방송이 있으니까 많은 정보를 얻을 수 있고, 시간 보내기도 좋지 않은가?"

종편방송이 시작된 것이 벌써 5년이 지났습니다. 대형 자본가의 언론 장악을 염려하여 종편방송 도입을 반대하는 사람들도 있었으나, 대체로 소비자들의 선택의 폭을 넓힌다는 점에서 환영을 받았습니다. 특히 방송의 발전과 건강한 방송 생태계 조성을 위해 기존 지상파만으로는 충분치 않다는 명분이 우세했습니다.

종편방송이 시작된 이래, 특정한 시청자 계층이 아니라 다수의 대중을 대상으로 다양한 방송 프로그램이 제공되어 더 많은 시청자들의 욕구를 충족시켜준 것은 사실입니다. 그러나 종편방송사 간의 경쟁 과열로 프로그램의 선정성과 자극성이 점점 강해지고 있습니다. 특히 전문가 풀(pool)이 제한된 상황에서 보도 부문의 부적격 패널들이 보여주는 행태 때문에 '종편을 없애야 한다.'는 불평이 심심찮게 나오고 있습니다.

종편의 패널들은 마치 만물박사인 듯 활동합니다. 정치는 물론이고 외교, 교육, 환경, 범죄, 법률, 전염병 등 온갖 분야를 진단하고 대책을 제시합니다. 이들은 정치 문제에서는 편향적인 주장 일색이고, 사용하는 용어의 격이 떨어지는 것은 물론, 수시로 흥분하여 격한 감정을 여과 없이 쏟아냅니다. 일부 패널들은 시청자가 알고자 하는 것을 정확하게 짚어주기도 하지만 그렇지 못한 경우가 훨씬 더 많습니다.

주간에도 보도 방송을 많이 시청하는 노년층의 경우, 이런 잘못된 주장들에 기대 여론을 형성하기도 합니다. 사실에 입각하지 않은 주장이나 정제되지 않은 표현이 대중에게 미치는 부정적인 영향 등을 생각할 때 이 시점에서 종편방송을 전반적으로 조정해야 할 필요가 있다고 생각합니다.

몇 가지 구체적인 대안을 제안하면 먼저, 종편은 보도방송의 비중을 줄이고 철저한 정치적 중립을 유지했으면 합니다. 특정 방송사와 출연자들이 정치인 또는 정치집단과 유착 관계를 형성한 듯한 느낌을 시청자가 받게 하는 것은 결코 바람직하지 않습니다.

두 번째로 종편 방송사 간, 또는 종편과 지상파 방송사 간, 건전한 경쟁과 긴장 관계를 유지하여 상호 방송의 질을 높여야 합니다. 최근 종편 중에는 차별화 전략과 올곧은 내용으로 시청률을 높이는 방송사도 있고 유명 연예인이 탈지상파를 선언하고 종편에 합류함으로써 프로그램의 경쟁률을 높이는 등 바람직한 모습도 분명 있습니다.

세 번째로 방송의 장르를 더 다양화한다면 지상파 못지않은 시청률을 확보할 수 있을 것입니다. 하루 종일 보도에만 치중할 것이 아니라 드라마, 연예, 오락, 교양, 건강 등 특정 분야에 편중되지 않게 프로그램을 편성하여 시청자들의 다양한 욕구에 부응해야 합니다.

마지막으로 출연진을 다양화해야 합니다. 주제에 맞는 전문가를 출연시켜 검증되지 않은 사실이나 주장이 방송되는 것을 방지해야 합니다. 고정 출연자가 많고 그들이 다시 복수의 방송에 겹치기 출연

하는 것은 여론을 획일화하고 마치 그들의 의견이 국민 전체의 의견
으로 착각하게 만드는 여론 왜곡현상을 야기할 수 있습니다. 이제 우
리 사회도 '종편의 사회학'에 대한 깊은 성찰이 필요한 시점에 와 있
습니다.

나는
왜 일하는가

강의 동영상 850만 조회수를 기록하여 TED 역사상 최고의 강연자라 불리는 사이먼 사이넥은 "나는 왜 이 일을 하는가"라고 자문을 하면서 "꿈꾸고 사랑하고 열렬히 행하고 성공하기 위하여"라고 답했습니다. 또한 경제학자 슈마허는《굿 워크》라는 저서를 통해서 일과 자유에 대하여 다음과 같이 말했습니다.

나는 내 일을 하고 싶다.

나는 좀 더 소박하게 살고 싶다.

나는 가면이 아닌 진짜 인간을 상대하고 싶다.

내겐 사람, 자연, 아름답고 전일적인 세상이 중요하다.

나는 누군가를 돌볼 수 있는 사람이 되고 싶다.

위 두 사람의 일에 대한 생각을 절충하여 간명하게 표현한 사람은 《인생학교 : 일》을 쓴 로먼 크르즈나릭입니다. 그는 의미, 몰입 그리고 자유라는 3가지 요소가 충족되고 성취감을 느낄 때 일에 헌신할 수 있다고 하였습니다.

직장인은 대부분 일에 대한 딜레마가 있습니다. 안정적인 직장과 자유를 누릴 수 있는 직장, 직업적 성취와 삶의 성취, 그리고 일에서 성공하고 싶은 야망과 행복한 가정을 꾸리고 싶은 바람 사이에서 고민합니다.

누구나 안전을 지향하는 심리와 자유를 찾으려는 열망을 동시에 가지고 있습니다. 인간은 외로운 존재이기 때문에 정서적, 물질적으로 안정을 추구하게 되고 이를 위해서는 직장을 얻어 일정한 임금과 동료를 얻는 것이 좋은 방편입니다. 그러나 한편으론, 직장에서 상사로부터 받는 제약과 간섭을 떠나 자유를 찾고자 하는 욕망도 있습니다.

그러나 양자는 대립적인 관계가 아닙니다. 최근에는 안정과 자유를 조화롭게 절충하는 일이 늘어나고 있는 추세입니다. 대기업에서도 스스로 업무와 목표를 조정할 수 있는 탄력근무제를 채택하고 있고, 회사생활을 하는 대신 강의, 요리, 인터넷 관련 일, 프리랜서 등 자신에게 딱 맞는 맞춤 직업을 찾는 경우도 드물지 않습니다. 직업의 영역이 넓어진 만큼 안정과 지위의 양립은 개인의 노력에 따라서 실현 가능하다고 생각합니다.

앞으로는 직장과 가정 양쪽에 충실한 삶도 가능할 것입니다. 이를 위해서는 정부나 기업의 정책적인 뒷받침이 선행돼야 하겠지만, '노동의 미덕'을 지나치게 강조하던 과거에서 벗어나 '여가의 미덕'도 인정해주는 인식의 변화가 필요합니다. 버트런트 러셀이 얘기한 대로 여가란 수동적으로 보내는 심심풀이가 아니라 인간의 잠재력을 넓혀준다는 점을 유념할 필요가 있습니다.

알랭 드 보통은 우리가 하는 일이 "다른 사람들의 기쁨을 자아내거나 고통을 줄여줄 때" 비로소 의미 있게 느껴진다고 말합니다. 비슷한 선상에서 로먼 크르즈나릭은 《일에서 충만함을 찾는 법》에서 '소박한 삶'을 실천하는 결단을 제안합니다. 즉, 물질주의와 소비주의에 경계심을 갖고 의미 있는 자신의 존재를 추구하는 것도 중요하다는 거지요. 돈을 어디에, 왜 쓰는지를 꼼꼼히 살펴본다면 먹고 입고 여흥을 즐기는 기본적인 욕구를 충족시키면서도 절약할 수 있는 여지가 생깁니다. 피카소는 "예술은 불필요함을 제거하는 것"이라고 했는데 이것은 지출 항목에서도 적용할 수 있습니다. '소박한 삶'을 실천하면서 '적을수록 많은 것(less is more)'이라는 이상을 실현할 기회가 우리 주변에 얼마든지 있다고 생각합니다.

저는 요즘 일주일에 한두 번은 점심과 저녁식사로 김밥집을 찾습니다. 김밥은 값이 싸면서도 맛있고 영양이 풍부하며 시간을 절약할 수 있어서 제게는 만족도가 매우 높습니다. 책을 읽고 글을 쓰고 자연을 관찰하는 것도 큰 대가를 지불하지 않고 얻는 성취감이기 때문에 직업적 성취감 못잖은 기쁨입니다.

요즘 일터에서 행복하신가요? 내가 하고 있는 일이 인류의 위대한 유산이라는 믿음까지는 아니더라도 일에 대해 품고 있는 기대와 애정은 거의 동일할 것입니다. 왜냐하면, 우리들 모두는 너나 할 것 없이 꿈꾸고, 사랑하고 다시 열렬히 살기 위해 일을 하는 것일 테니까요.

일상생활에서의 뇌 발달

  최근 십수 년 사이에 뇌에 대한 연구가 활발하게 진행되고 있습니다. 그럼에도 뇌는 아직까지 우리에게 엄청나게 낯선 대상입니다. 과학자들조차도 뇌 회로의 극히 일부만 알아냈을 뿐입니다. 그나마 확실히 알게 된 것은, 인간의 뇌가 상상도 못할 만큼 복잡하고, 인간이 행하는 모든 행위는 뇌와 관련이 있다는 사실입니다.

  서울 의대 서유헌 교수는 성장을 멈춘 신체는 나이에 비례하여 노화되지만, 뇌 과학이 발달하게 되면 훈련과 처방을 통하여 뇌의 활력을 키울 수 있어 치매를 예방하고 젊게 살 수 있다는 희망적인 연구 결과를 발표하였습니다.

  뇌는 흰색과 회색을 띠고, 부피는 2리터 정도에 무게는 평균 1.4kg

정도인 포도송이만한 단백질 덩어리입니다. 그러나 뇌는 단 하나의 덩어리가 아니라 3개의 층으로 나뉘어져 있습니다. 그 안에는 뇌간, 중뇌 그리고 전뇌가 있는데 이들은 각각 생명, 감정 그리고 이성을 담당하고 있습니다. 한편, 우리의 대뇌는 좌뇌와 우뇌로 나뉘어져 있는데, 좌뇌는 언어적, 수리적, 분석적인 반면 우뇌는 직관적이고, 예술적이고, 상상과 공상을 만들어 내는 곳입니다.

좌뇌와 우뇌는 평생 발전하지만 태어나서 5살이 될 때까지 대부분의 발달이 이루어진다는 것이 뇌 과학자들의 대체적인 의견입니다. 그래서 유아기에 정상적인 발달단계를 거치지 않으면 어른이 된 이후에 문제가 될 수 있습니다.

그러나 지나간 유아기를 되돌릴 수 없기 때문에, 학자들이 유아기에 형성된 감정, 생각, 반응, 행동의 패턴을 바꾸기 위한 연구를 계속하고 있습니다.

뇌 과학자는 아니지만 심리치료사이자 작가인 필립파 페리는 이미 익숙해진 생각의 패턴을 바꿀 수 있는 방법을 모색하였습니다. 페리는 《온전한 정신으로 사는 법》이라는 저서를 통하여 '자기 관찰', '타인과 관계 맺기', '유익한 스트레스', '개인적인 이야기 만들기' 4가지가 온전한 정신을 지키고 성장과 발전에 꼭 필요한 유연성을 갖도록 해 준다고 말합니다.

자신을 관찰하는 일은 내면의 힘을 키워줍니다. 개인적 관찰, 훈련을 통해 감정과 느낌, 생각이 일어날 때, 그리고 그 감정, 느낌, 생각이 기분과 행동을 결정할 때, 그것을 경험하고 인지하고 평가해 나가면 스스로의 행동방식을 결정할 수 있는 힘이 생긴다고 합니다. 타인과의 관계 역시 치유와 성장에 필수적입니다. 누구에게나 의지를 북돋아주고 성장을 촉진시켜 주기 위한 안전하고 믿음직한 인간관계가 꼭 필요합니다. 그가 의사일 수도 있고 선생님, 연인, 친구, 자식 등일 수 있는데, 주로 내 이야기에 귀를 기울여 주는 사람을 말합니다. 스트레스는 만병의 근원이지만, 올바르고 유익한 스트레스는 긍정적인 자극을 주어 새로운 것들을 배우고 창의성을 발휘하도록 합니다. 또 우리 자아의 상당부분은 언어 능력을 습득하기 전에 형성되었기 때문에 자신조차 모르게 감추어진 것을 찾아 자신의 이야기를 새롭게 만들어 낸다면 스스로는 물론이고 타인과 주변의 모든 것에 대해 더 새롭고 유연하게 정의할 수 있게 됩니다.

뇌 훈련의 방법론은 의외로 상식적입니다. 뇌 과학에 대한 수많은 책을 읽고 거기에 따라 뇌를 훈련시킬 수 있는 수십 가지의 특정 행동을 배웠다 할지라도 뇌를 부양하고 양육하는 기본적인 도구는 일상적인 것들이기 때문입니다.

아이에게 음악과 많은 대화를, 노인에게는 복잡한 퍼즐이나 시사 토론 같은 도전을 제공하는 것도 중요하지만, 그에 못지않게 우리 일상에서 조금만 관심을 가지면 실천에 옮길 수 있는 것들이 많습니다.

신체적·정신적 운동, 적절한 영양과 수면은 정서적 안정을 제공하고, 명상을 하거나 자기 일에 대한 열정을 갖는 것은 우리의 뇌를 재조직하는 힘으로 작용할 것입니다.

인간과 인생에 대한
해답을 찾아서

　최근 출판계의 두드러진 변화 중 하나는 인문고전 서적의 판매가
크게 늘어났다는 점입니다. 실제로 인문고전에 대한 관심이 높아진
것은 여러 면에서 확인할 수 있습니다. 기업 경영과 행정에 인문학적
요소를 융합하고 통섭하려는 노력이 시도되고 있으며, 모순적이기는
하지만 대학에서 인문학 관련 전공을 통폐합하거나 구조조정을 하는
상황에서도 인문고전 강좌가 늘어나고 있습니다. 어린이와 청소년을
위한 다양한 인문고전 교육도 확산되고 있으며, 각종 평생교육기관
에서도 인문고전 강좌는 인기를 끌고 있습니다.
　여기에서 인문고전의 의미를 잠시 살펴 볼 필요가 있습니다. 인문
학이란 객관적인 자연 현상을 탐구하는 자연과학에 대립되는 영역으

로 인간의 가치탐구나 표현활동을 대상으로 합니다. 인문학을 문(文)·사(史)·철(哲)이라고 하며 여기에 예술을 포함시키는 것이 일반적으로 통용되는 개념입니다. 그러면 인문고전이란 '고전적 가치가 있는 인문학', '인문학의 고전' 또는 '인문학과 고전'이라고 말할 수 있습니다. 우리에게 알려진 고전은 대부분 인문학이기 때문에 인문고전이라는 단어는 자연스러운 조합이라 생각합니다.

그동안 비인기 학문이었던 인문고전이 관심의 대상으로 떠오른 이유는 인문학의 정의에서 찾을 수 있습니다. 인문학은 인간과 인생에 대한 해답을 찾는 학문이기 때문에 그동안 물질만능주의, 개인주의, 가치관의 혼란 등과 같은 현대 사회의 문제점을 완화시킬 수 있는 대안으로 받아들여지고 있습니다.

사회 각 분야에서 접목이 시도되는 가운데 특히 기업경영에서 인문고전이 큰 영향력을 발휘하고 있습니다. 빌 게이츠는 "인문학이 없었다면 나도 없고 컴퓨터도 없었을 것"이라고 했습니다. 스티브 잡스의 무한한 상상력과 창의력은 인문고전에서 영감을 받았다고 합니다. 페이스북의 탄생 배경에는 인문고전이 한 부분을 차지하고 있고 두바이를 세계적인 벤치마킹 대상으로 변화시킨 셰이크 모하메드 국왕은 스스로 시를 쓰면서 시적 상상력으로부터 두바이 개발 에너지를 얻었다고 합니다.

얼마 전 삼성경제연구소는 미래경영을 "CEO가 경영에 인문학적 상상력을 결합, 원대한 꿈을 피력하고 비전을 제시하는 것"이라고 정의했습니다. 실제로 삼성경제연구소가 국내 CEO 498명을 대상으로 실시한 설문조사에서 97.8%가 인문고전의 소양이 경영에 도움이 되었다고 답했습니다.

인문고전에 영향을 받은 각 분야의 세계적 명사는 수없이 많습니다. 학교 성적은 시원치 않았으나 13세부터 인문고전을 열심히 읽었던 알버트 아인슈타인, 한때 실패한 예술가로 우울증과 무기력으로 시달렸으나 36세부터 인문고전을 읽기 시작한 레오나르도 다빈치, 평범한 두뇌의 소유자였으나 8세 때부터 인문고전을 읽기 시작한 존 스튜어트 밀, 학교에서 전교 꼴지를 수없이 기록했으나 인문고전 분야의 독서를 통해 노벨 문학상까지 받은 윈스턴 처칠, 초등학교 입학 3개월 만에 퇴학을 당하고 9세부터 인문고전을 읽기 시작하여 세계 최고의 발명왕이 된 토머스 에디슨 등이 있습니다.

짧게는 100~200년, 길게는 1,000년 이상 널리 읽혀온 인문고전은 정신문명의 정수이자 보고입니다. 인류 사상의 큰 흐름인 동시에 동서고금을 막론하고 통용되는 인간이 갖춰야 할 교양과 지혜 그리고 보편적 사회의 정의와 규범을 담고 있습니다.

"나는 술 대신 인문고전에 취하겠다."고 말한 알버트 아인슈타인의 말을 음미하면서 한 권의 인문고전을 선택하여 즐기기를 권합니다.

아름다움은
만들어가는 것이다

  큰일을 하든 소소한 일을 하든, 우리는 모두 일상에 매여 살고 있습니다. 일상은 일종의 질서이지만 사람을 지치고 피곤하게 만들 때도 있습니다. 제가 원해서 하는 일이지만 새벽마다 운동을 해야 하고, 강의 준비를 위해 책을 읽어야 하고, 자청해서 시작한 일본어 공부는 때때로 스트레스가 되고, 원하든 원치 않든 많은 사람을 만나야 하고, 이러한 일들이 즐겁기도 하지만 때로는 쳇바퀴 도는 듯해 저를 지치게 합니다.

  그래서 어딘가로 훌쩍 떠나고 싶어졌습니다. 원초의 에너지가 생생하게 살아있는, 자연과 다양한 사람들에 대하여 이해할 수 있는, 사람들이 어울려있는 곳을 동경했습니다. 그 때문에 다양한 문화가 자유롭게 어울려 있고 울창한 숲과 빙하가 있으며 아름다운 호수를 보유한, 자연과 사람이 공존하는 캐나다를 가 보기로 했습니다.

캐나다는 독특한 나라입니다. 면적으로는 세계 2위의 영토를 갖고 있고, 광물 생산으로는 세계 3위인 대국인데 사실상 신생국입니다. 1949년에 영국으로부터 완전 독립을 하였으나 주권국가로서 헌법을 공포하고 법적 또는 정치적으로 온전한 국가로 자립한 것은 1989년이었습니다.

캐나다를 차지하기 위해 영국과 프랑스는 7년 간 전쟁을 치렀으며, 캐나다 영토의 4분의 3은 미국 국경과 접하고 있습니다. 그리고 미국의 TV나 라디오, 영화, 출판물이 자유롭게 유입되며 공용어도 영어와 프랑스어를 동시에 쓰고 있습니다. 이런 배경을 반영하듯 캐나다는 1971년에 세계에서 처음으로 다문화주의 정책을 채택하여 인종, 언어, 종교에 관계없이 모든 시민은 평등하다는 개방적인 국가를 지향하고 있습니다.

그러면서도 사회는 강한 규율로 유지하고 있습니다. 개인은 술을 구매하기가 어렵고 식당이 아닌 맥주집은 미성년자는 출입을 금지하면서 부모와 동반 입장도 금지합니다. 거리와 공원 그리고 해변 등 지붕이 없는 곳에서의 음주 행위는 금하고 있습니다. 교통 법규도 엄격합니다. 고속도로를 달리는 버스 운전기사들은 근무시간을 철저히 지켜야 하고 장거리 운행일 경우 중간 중간에 브레이크 등 차량의 안전에 관련된 부분을 철저히 점검해야 합니다. 아무리 바빠도 제한속도를 지키고 차가 달리는 중에는 승객이 절대 일어서면 안 됩니다.

제가 선택한 캐나다의 아름다운 도시 밴쿠버는 제 자신이 이방인이라는 자각이 들지 않을 정도로 편안하게 저를 보듬어주었습니다. 다문화주의 국가답게 다양한 인종을 만날 수 있었습니다. 특히 아시아인이 많았습니다. 행복지수 상위권 국가와는 어울리지 않게 거리에는 거지들이 많이 앉아 있었는데 그들은 구걸을 하는 게 아니라 그저 지나가는 행인들과 무언의 교감을 시도하는 것같이 느껴졌습니다. 군데군데 악기를 연주하고, 노래를 부르고, 토크쇼를 하는 사람들과 시민들이 자유롭게 어울리고 있었습니다.

또하나 저를 탄복시킨 것은 캐나다의 광대한 자연이었습니다. 100m 두께의 빙하 위에 서서, 빙하가 녹아 만들어지는 폭포의 폭풍 같은 물소리를 듣고 있노라면, 자신의 작음을 실감하게 됩니다. 자연의 위대함 앞에서 겸손함을 배웠고 하늘로 쭉 뻗은 거대한 삼림의 고요함 속에서 제 존재의 가벼움을 시인해야 했으며, 잔잔히 숨 쉬는 에메랄드 빛 호수에서는 태고의 신비함을 느꼈습니다.

사람들의 자유로움 속에 강고한 질서가 있고 사람과 자연이 조화를 이루는 캐나다의 모습을 보면서 저는 아름다운 나라가 무엇인지 다시금 생각하게 되었습니다.

국가는 국민의 행복을 지키고 국민은 규율을 지키며 서로를 포용

하는 나라, 사람이 자연을 보호하고 자연이 사람을 감싸는 나라, 자연
이 사람을 감싸는 나라, 캐나다는 태고부터 내려온 아름다운 자연 위
에 매일매일 아름다움을 만들어가는 곳입니다.

천 천 히 , 천 천 히 걷 는 다

제4장 모두와 함께할 내일

빠르고 많고 편리한 이 세상에서

생각과 행동의 속도를 좀 늦추고,

느림의 미학을 몸소 실천할 때

우리는 좀 더 풍성한 존재로

거듭날 수 있지 않을까 생각합니다.

이제 다시 시작입니다

대한민국은
어떤 나라인가

1945년 광복, 1948년 정부 수립 직후인 1950년에 우리나라에서는 6·25 전쟁이 발발하였습니다. 그로부터 10여 년간 한국은 세계의 최빈국중의 하나였습니다. 1962년 정부에서 '경제개발 5개년계획'을 선포할 당시 1인당 국민소득은 82달러였으며 수출 순위는 104위였습니다. 1970년대 중반까지는 북한에 비해서도 1인당 국민소득이 낮았습니다.

현대경제연구소의 자료에 의하면 1976년 당시 남한은 807달러이고 북한은 772달러로, 처음으로 남한의 국민소득이 북한을 추월했습니다. 물론 지금은 그 격차가 현격하게 벌어져서 국민소득은 남한이 북한의 30배에 달하고, 무역규모로는 230배입니다. 당시의 정치상황도 매우 열악했습니다. 영국의 《더 타임스》 보도에 의하면 "한국에서 민주주의를 기대하는 것은 쓰레기통에서 장미가 피길 바라는 것과 같다."고 논평했을 정도입니다.

그러나 50년 후, 한국은 세계에서 유래를 찾아보기 힘든 최단기간에 민주화와 산업화를 동시에 달성한 모범 국가로서 인정을 받고 있습니다. 조사기관과 조사 시기에 따라 다소 차이는 있지만 한국은 종합국력, 경제력, 군사력, 외교력, 기술력 등 각종 지표에서 10위 대를 기록하고 있습니다.

한국은 또 여러 분야에서 세계 최고를 기록하고 있습니다. 문맹률은 1% 이하로 세계 유일국가이고, 대학진학률 세계 1위, 컴퓨터 보급률 세계 1위, 초고속 인터넷망 보급률 세계 1위, 뿐만 아니라 반도체, 조선 산업, 철강 생산율도 세계 1~2위권을 유지하고 있습니다.

그동안 국제적 위상도 상당히 높아졌습니다. 동·하계 올림픽, FIFA 월드컵, 세계육상선수권 대회 등 4대 메이저 국제대회를 개최하였고, G20 정상회의와 핵안보 정상회의도 개최하였으며, UN 사무총장과 세계은행 총재를 배출하였습니다. 뿐만 아니라 6.25전쟁 시 세계 16개국으로부터 원조를 받던 나라가 이제는 원조 공여국으로 탈바꿈하였습니다.

얼마 전 골드만 삭스는 2050년에 한국은 1인당 국민소득이 8만1천 달러로 미국 다음인 세계 2위가 될 것이라고 전망하였습니다. 물론 이러한 전망에 의문을 가질 수도 있지만 중립적인 국제기관에서 그렇게 예측했다는 데 의미를 찾을 수도 있습니다. 따라서 한국은 과거 국제적으로 만들어진 규칙을 받아들이는 '규칙 수용자(rule taker)'에서 규칙을 만들어 나가는 '규칙 설정자(rule setter)'로 변화하고 있는 것입니다.

그러면 대한민국이 급속도로 경제발전을 이룬 동인은 무엇일까요?

먼저 최근 CNN방송은 "한국인의 일 중독은 세계 최고"라고 보도하면서, 일반적으로 한국인의 근면성에 '빨리 빨리' 습관이 합쳐져 '일 몰입'과 '속도 경영'을 동시에 할 수 있었으며 이것이 시공간적 압축성장을 이루어 냈다고 진단했습니다.

이에 대한 학자들의 분석을 몇 개 소개하면 먼저 고려대학교의 김문조 교수의 분석입니다. 한국인의 마음에는 관계주의, 현세주의, 배상주의가 뿌리내리고 있어, 관계주의 심리는 '끼리끼리' 문화, 현세주의 심리는 '빨리 빨리' 문화, 배상주의 심리는 '다다익선' 문화를 만들어 내서 실리주의적 생활태도를 견지하게 했으며 이것이 경제발전의 원동력이 되었다고 평가합니다. 물론 이러한 한국인의 사고와 태도는 많은 부작용을 초래한 면도 있습니다.

삼성경제연구소장을 지낸 정구현 KAIST 교수는 경제발전의 기본은 사회규범을 지키는 것인데 우리 국민들은 이를 무시하고 법을 어겨도 용인되고, 떼를 쓰고 억지를 부리고 약속을 안 지킴에도 불구하고 빠른 성장을 하였다고 진단하면서 그 이유를 다음과 같이 설명했습니다.

먼저, 사회적 신뢰를 가족 신뢰로 대신하였습니다. 기업에서는 가족관계로 신뢰를 유지하였고, 이와 같은 가족기업은 도덕적 해이를 최소화시켰습니다. 따라서 사회전체의 규율은 약하고 법치주의는 정착되지 않았으나 연고주의, 가족기업 등을 통해 규율과 기강이 유지되었다는 것입니다. 이것도 나중에는 변화와 혁신의 걸림돌이 되었습니다.

둘째, 한국 관료제도의 우수성입니다.

행정고시, 사법시험, 외무고시 등 고시제도를 통해 우수인재를 등용하였고 그들로부터 정권이 바뀌더라도 제도적 지속성과 정책적 일관성의 큰 흐름을 유지할 수 있었습니다.

셋째, 실력주의가 인정을 받았습니다.

한국에서는 '개천에서 용이 난다'는 속담이 있습니다. 미천한 집안이나 변변치 못한 부모에게서 훌륭한 인물이 나는 경우를 이르는 말입니다. 열심히 노력하고 실력이 있으면 보상을 받았습니다. 따라서 한국의 경제발전의 원동력은 부지런하고 성취동기와 학습동기가 매우 강한 '사람'에 있었음을 발견할 수 있습니다.

정치적 측면에서는 군사정권이 종식된 1987년 이후 민주화의 진전으로 인한 시민사회의 활성화, 대통령 5년 단임제와 보수 진보간

두 번의 정권교체 등은 정치발전에 크게 기여했습니다. 뿐만 아니라 노동운동이 활성화되고, 각급 지방자치단체장, 지방의회 의원을 민선으로 뽑은 지방자치제가 본격적으로 실시된 이후 사회간접 자본이 획기적으로 확충되었고, 행정의 효율성과 투명성이 높아졌으며 풀뿌리 민주주의 또한 큰 진전을 보았습니다.

그러나 이러한 성과라는 빛의 뒤에는 그림자도 있습니다. 지금 우리나라는 압축성장으로 인한 문제점이 노출되어 새로운 '사회 설계'를 하지 않으면 안 되는 시점에 와 있습니다.

먼저 성과주의, 배금주의가 널리 퍼져 사회구성원 간의 신뢰와 자존심이 무너졌습니다. 뿐만 아니라 도전이 지나쳐 사회전체가 무한 경쟁의 압박에 노출되었습니다. 공존과 배려보다는 배제와 독식이라는 병리현상도 나타났습니다. 이 결과 전통 윤리와 문화의 왜곡현상이 일어났습니다. 공공장소에서의 무질서, 상호간에 무례, 사치와 허세, 분파 짓기와 이념갈등 현상은 심각한 수준에 와 있습니다. 이미 '동방예의지국'은 물 건너갔다고 생각됩니다. 그러한 결과 극도의 불신사회가 조성되었습니다. 정부의 신뢰도, 부패인식지수, 사회적 자본지수 등은 조사기관에 따라 다소 차이는 있지만 순위 조사대상 국가 중에서 하위권을 기록하고 있습니다.

다음으로 정치사회적으로도 많은 문제점이 노출되었습니다. 사회학자 송호근 교수는 정치 엘리트 간 '구조화된 신념'이 정치집단을 진보와 보수로 갈라놓았고 타협점을 찾지 못하고 있다고 진단하고 있습니다. 분단 상황으로 인한 이념적 갈등, 고도성장에서 비롯된 불평등이 이러한 결과를 더욱 심화시킨 것이지요. 따라서 보수와 진보 모두 경쟁상대와 대화하고 이해시키는 노력보다는 상대를 척결의 대상으로 간주하여, 민주주의의 덕목이기도 한 타협은 설 자리를 잃었고 오히려 타협은 배신이라고 매도당하기도 하여 그 입지가 좁아졌습니다. 뿐만 아니라 최근에는 국민으로부터 선출된 권력인 대통령과 국회가 서로 충돌하는데 국회는 강한 거부권을 갖고 있으며 대통령은 통치권을 가졌기 때문에 이와 같은 강성권력들의 접점을 찾기란 용이하지 않습니다. 물론, 여당이 정부와 국회 간의 갈등을 조정하고 있지만 긴급을 요하는 민생법안 등 입법과정의 지연으로 국정의 원활한 수행에 방해받고 있는 것이 사실입니다.

　이렇듯 한국사회의 문제점에는 압축성장에 따른 병리현상뿐만 아니라 세계적인 신자유주의 경제의 부작용이 중첩되어 있습니다. 신자유주의 경제는 시장경제 활성화에 크게 기여한 것은 사실이나 결과적으로 빈부격차 확대, 실업자 양산 그리고 환경파괴의 부작용을 만들어 냈습니다. 자유방임적 자본주의는 '시장의 실패'를 가져왔고, 케인즈 이론에 의한 정부 개입은 '정부의 실패'로 이어졌습니다. 다시 신자유주의로 환원하였지만 이것이 다시 실패로 이어진 것입니다.

　따라서 시장경제의 전도사라고 알려진 클라우스 슈밥은 현재 자본주의 체제가 제대로 작동하지 않고 있다고 전제하고 우리(시장경제 주창자)는 죄를 지었다고까지 언급했습니다. 많은 학자들이 현재 자본주의의 위기를 넘기지 못하면 민주주의의 위기가 온다고 지적하고 있으며 최근에는 프란치스코 교황까지도 "인류의 보편적 가치를 무시하는" 신자유주의적 경제체제는 사람들을 죽이는 것이라는 등의 강도 높은 표현으로 비판하고 있습니다.

한국도 큰 틀에서 본다면 자본주의 위기로 인한 사회적 양극화 해소와 일자리 창출이라는 과제가 놓여있고 다른 나라의 일반적 추세와는 조금 다른 압축성장으로 인한 무너진 공동체적 가치관의 복원이라는 두 가지 과제를 동시에 해결해야 합니다. 그러기 위해서는 단기적으로는 정책적 처방이 필요하지만 장기적으로는 문화와 관행을 바꾸는 '사회적 자본'의 확충이 요구되고 있습니다.

사회적 자본이란 하버드대학 정치학교수 로버트 D. 퍼트넘이 정립한 이론으로써 사회적 구성원의 신뢰와 관용을 바탕으로 공동의 목적을 효율적으로 달성하게 하는 사회적 역량을 가르킵니다. 그동안 스웨덴, 핀란드 등을 비롯한 북유럽 국가의 성공 사례에서 알 수 있듯이 이들 국가들은 높은 복지수준을 유지하면서도 유럽 최고의 경제적 성과를 이룰 수 있었던 것은 재정 건전성 또는 강한 제조업 기반과 같은 정책적 측면도 중요했지만 다른 국가들과 차별화되는 풍부한 사회적 자본이 가장 주효했다고 평가받고 있습니다.

사회적 자본의 확충을 위한 정부의 정책은 두 가지 방향으로 추진할 수 있는데, 하나는 정부의 신뢰성 회복이고 다른 하나는 시민사회의 역량 강화입니다. 정부의 신뢰성 회복은 사회적 약자에 대한 배려와 시민참여의 확대로 나눌 수 있습니다. 사회적 약자에 대한 배려는 낙후 지역에 대한 공공투자 확대와 여성, 노약자, 극빈자, 다문화 가정, 소상공인 등에 대한 지원을 강화하는 것입니다. 시민참여는 이미 각국에서 시행되고 있고 우리나라에서도 도입되어 있는 시민 옴부즈맨, 주민 참여 예산제, 시민 감사관제, 정책 자문위원 운영 등의 기능을 실질적으로 강화하여 행정의 투명성과 도덕성을 확보하는 것이며, 이렇게 함으로써 국민의 신뢰를 얻을 수 있습니다.

그러나 무엇보다도 불평등을 해소하는 것이 사회적 자본을 확충하는 가장 중요한 과정인데 지구상 어느 나라에서도 완벽한 공정 분배는 이루어질 수 없습니다. 그렇기 때문에 공정한 분배를 위한 노력은 당연하지만 소득과는 무관한 공동체 제도들을 재건, 유지, 강화하는데 중점을 두어야 합니다. 또한 부자나 빈자가 서로 공동운명체라는 의식을 강화시킬 수 있기 위해서는 '계층 혼합적' 시설을 확대할 필요가 있습니다. 도서관, 공원, 문화센터, 시민대학, 스포츠 시설, 청소년 여가시설, 대중교통 등의 인프라를 질적으로 확대하여 공동체 형성에 걸림돌이 되는 것을 제거하는 일을 우선적으로 추진해야 됩니다.

신뢰가 경쟁력이라는 원칙과, 시민 개개인은 미약하지만 공감과 연대감을 통해 연결된 시민 다수는 무한한 능력을 가지고 있다는 신념을 바탕으로 건강한 공동체를 형성하는 것이 중요합니다. 이렇게 문화와 관행을 바꾸는 일은 시간이 많이 소요되기에 정부와 시민운동 차원에서 꾸준한 노력이 필요합니다.

선택과 집중보다
균형과 상생이 필요하다

　요즘 정치인들은 정치는 어찌 보면 상대적으로 쉬운 일인데 어렵게 풀고, 정책은 무엇보다도 어려운 일인데 쉽게 풀려고 하는 것처럼 보입니다. 물론 정치가 쉽다고 말하면 반론을 제기할 분들이 많을 것입니다. 그러나 상식과 원칙을 지키고 소통과 배려를 중시하는 정치를 한다면 어려울 것도 없다고 생각합니다.

　4·13 총선결과는 여당의 참패로 끝났습니다. 여당의 어느 '혁신모임'에 초청된 최장집 고려대 교수는 패배 원인을 "정치적 책임 윤리 측면에서 삼권분립이란 민주적 규범에 어긋났다"고 지적하면서 "공천과정에서 당원·당규를, 정책편의를 위해 공공연히 무시하는 등 정부와 국회가 민주주의 기본적 규칙들을 노골적으로 무시했다"

고 비판하였습니다. 이것은 '민주적 규범과 기본 규칙'을 무시했다는 것인데, 언뜻 듣기에는 원론적이고 추상적인 진단으로 들릴 수 있습니다. 그러나 아닙니다. 삼권분립이라는 민주적 규범 또는 민주주의적 기본 규칙을 지켜야 한다는 정확한 진단을 내린 것입니다.

정부와 국회가 이와 같은 '기본'과 '원칙'을 지키면 정치를 쉽게 풀어 갈 수 있습니다. 혹자는 이러한 생각이 너무 순진하다고 비난할 수도 있습니다.

저는 40년 동안 정치학 교수로, 또는 중앙과 지방에서 정치와 정책(행정)을 직·간접으로 경험한 바 있습니다. 그런데 제가 얻은 교훈은 상식과 순리, 원칙과 소통을 중시하면 어려운 문제도 풀 수 있고 정치비용도 최소화할 수 있다는 것입니다. 물론 정치에는 권모술수와 모략이 있고, 돌발사고와 내외적 환경 변화로 인한 제약이 있어 어려운 장애요소가 있습니다. 그러나 그것도 인내하면서 상식과 원칙을 끈질기게, 그리고 섬세하게 적용한다면 최소한 차선의 결과라도 얻어낼 수 있다고 생각합니다.

대한민국은 민주주의 국가입니다. 그러니까 삼권분립이라는 민주적 규범을 지키고 정치인들이 스스로 만든 규칙을 이행하는 것이 당연한 일이지요. 다른 이유가 있을 수 없습니다. 이런 원칙을 지키는 것은 힘을 가진 사람에게는 불편하고 시간이 걸릴 수 있습니다. 그러나 이러한 원칙과 유연성을 가질 때 비로소 추진하고자 하는 목표를 달성할 수 있습니다. 따라서 최장집 교수의 지적은 원론적, 추상적인 것이 아니라 실질적이고 구체적인 해법입니다.

그러나 정책 결정은 상당히 어렵습니다. 어떤 정책에도 찬반의 양면성이 있고, 수많은 변수들이 작용합니다. 따라서 너무 쉽게 결정하고, 정책을 남발하면 실효성을 거두기가 어렵고 시행착오가 발생합니다.

노벨경제학상을 받은 사람을 기획재정부장관에 앉힌다고 해도 단기간에 대량으로 일자리를 창출하고 경제적 양극화를 해결하지는 못합니다. 오바마 대통령을 통일부 장관에 임명한다고 해도 당장 북핵문제를 풀 수 없습니다. 더욱이 기술 관료에게 정책의 입안과 집행을 전적으로 맡기는 데에는 한계가 있습니다. 윗사람 눈치보기, 전시행정, 중앙집권적 사고, 관료적 편의주의라는 잘못된 관행이 있기 때문입니다. 양면성이 있고 변수가 많기 때문에 다양한 정책주체들의 조정과 합의가 필요합니다. 정책결정 초기에 정부는 각 부처별로 원로, 학자, 기업들의 중지를 모으는 선행조치가 꼭 필요합니다. 한편 사회복지는 현장을 잘 아는 지방자치 단체와, 교육은 초·중·고와 대학의 교수·교사·학부모들이 잘 파악하고 있기 때문에 그들의 의견을 폭넓게 반영하면 정책누수를 예방할 수 있을 것입니다. 그리고 정책결정을 하기 전에 수많은 토론과 심각한 고민이 있어야 하겠지요.

학자들은 어느 한 정책을 선호하거나 선택할 수 있습니다. 그러나 정부는 대립되는 정책을 모두 수용하여 동반성장이 이루어지게 해야 합니다. 예컨대, 대기업 또는 중소기업, 제조업 또는 서비스 산업, 증세 또는 감세, 시장 경제 또는 사회적 경제 중 어느 한쪽을 선택하기보다는 두 가지 모두를 수용하면서 절충하고 조정하고 상생하는 정책을 모색해야 합니다. '선택과 집중'은 구체적인 정책단위에서 효율성을 높이기 위한 전략적 선택일 수는 있으나, 국가 단위의 거시정책은 균형과 상생이어야 합니다.

어느 중앙지 대기자가 13대 국회를 예로 들면서, '여소야대가 더 많은 일을 했다'는 기사를 쓴 바 있습니다. 물론 거야(巨野)로부터 견제를 받은 정부·여당이 권력 자제를 통하여 보다 '민주적'일 수는 있습니다. 그러나 13대 국회 당시 여소야대 정국으로 정부는 국정운영에 엄청난 어려움을 겪었으며 결국 3당 합당이라는 인위적 정계개편으로 돌파할 수밖에 없었습니다.

그러나 지금과 같이 대통령 임기가 얼마 남지 않은 시점에서는 상식과 순리, 원칙과 소통으로, 박근혜 대통령이 강조하는 '비정상의 정상화'라는 기본으로 돌아간다면 민심을 충분히 되돌릴 수 있다고 생각합니다.

제4차
산업혁명

　세계의 많은 전문가는 지금 제4차 산업혁명이 시작되었다고 진단합니다. 그런데 그 혁명은 규모와 속도, 범위와 깊이 그리고 시스템적 충격과 복잡함의 정도에서 이전에 인류가 경험한 그 어떤 산업혁명과도 비교될 수 없을 것이라고 합니다.

　2016년 세계경제포럼(WEF, 다보스포럼)의 최대 화두는 단연 '제4차 산업혁명'이었고, 회의의 주제도 '제4차 산업혁명의 이해'였습니다. 이 포럼을 주도한 WEF 회장 클라우스 슈밥은 최근에《제4차 산업혁명》이라는 저서를 내면서 제4차 산업혁명에 대한 체계적이고 본격적인 논의를 하는데 불을 붙였습니다.

　국내 어느 일간지와 인터뷰를 하면서 클라우스 슈밥은 제4차 산업혁명은 "산업과 일자리, 생산 활동은 물론 인간의 정체성에 관해서도 복잡한 문제를 제기할 것"이라면서 "빅데이터 활용 속도가 빨라지면서 생산과 소비 패턴이 바뀌고, 아마존 같은 기업은 운송수단과 유통시스템까지 개혁하고 있다. 멀리 보면 인간이 표현하고, 정보를 제공하고, 일을 하고, 대화하는 방식까지 바꿀 코페르니쿠스적 전환이다."라고 했습니다.

클라우스 슈밥의 《제4차 산업혁명》에 의하면 속도에 있어서는 제1~3차 산업혁명과는 달리 4차 산업혁명은 기아급수적인 속도로 전개 중이라고 했습니다. 이는 우리가 살고 있는 세계는 다면적이고 서로 깊게 연계되어 있으며, 이러한 현상은 신기술이 그보다 더 새롭고 뛰어난 역량을 갖춘 기술을 만들어 냄으로써 생긴 결과라고 설명합니다. 범위와 깊이에 있어서도 제4차 산업혁명은 개개인뿐만 아니라 경제, 기업, 사회를 유례없는 패러다임 전환으로 유도합니다. 제4차 산업혁명의 시스템적 충격도 엄청나서 국가 간, 기업 간, 산업 간 그리고 사회전체시스템의 변화를 수반한다고 합니다.

그렇다면 제4차 산업혁명은 우리 생활에 어떤 변화를 일으킬까요? 이미 자율주행자동차와 드론, 가상 비서, 번역이나 투자 전용 소프트웨어 등 인공지능 기술은 상용화가 이루어졌습니다. 또한 유전자 염기서열 분석에서 나노기술, 재생에너지, 퀀텀 컴퓨팅까지 다양한 분야에서 큰 약진이 동시 다발적으로 일어나고 있습니다. 1월에 발간된

《이코노믹 리뷰》에 의하면 기술혁신이 이뤄지는 사이 디지털 생산기술은 실제의 삶과 상호소통하기에 이르렀다고 합니다.

엔지니어와 디자이너 그리고 건축가들은 전산화된 디자인과 인공생물학 등의 기술을 결합해 우리의 인체는 물론이고, 우리가 소비하는 물건들을 심지어는 사는 집까지 연결하고 있습니다. 그래서 제4차 산업혁명의 본질은 사물과 인터넷이 연결되고 사물과 하드웨어가 스스로 정보를 분석하고 학습하는 데까지 이르고 있습니다.

이러한 시스템은 당연히 많은 사람에게 일상의 편의와 즐거움을 제공합니다. 각종 예약이나 결제는 물론이고 음악이나 영화, 게임 등도 모두 원격으로 즐길 수 있으며, 의료비 부담도 크게 줄일 수 있습니다. 교통과 통신요금의 감소는 물론이고 물류와 공급체계의 효율성으로 인하여 무역에 따른 비용도 경감되고 새로운 시장이 열리며 이것으로 경제 성장도 견인할 수 있습니다.

이렇게 제4차 산업혁명은 인류에게 엄청난 혜택을 주는 한편, 대다수의 사람들이 소비자이자 생산자이기 때문에 더 큰 불평등을 야기할 수 있고, 특히 노동시장을 붕괴시킬 가능성도 있습니다. 자동화로 인해 안정적 일자리가 감소됨에 따라 노동시장의 구조조정이 불가피합니다. 이 결과 승자독식의 경제가 강화되어 중산층을 위협하면서 결과적으로 민주주의 쇠락을 가져올지 모른다는 비관적 전망도 나오고 있습니다.

기술의 발달로 노동집약적 제조업의 붕괴도 예견하고 있습니다. 비단 제4차 산업혁명과 연관 짓지 않는다 하여도 과학자, 경제학자들의 연구에 의하면 미국을 기준으로 없어지는 직업이 47%나 된다고 하고 대표적으로 도태되는 직업은 콜센터직원, 특허분야, 헬스케어 등이라고 합니다.

미국, 영국, 일본 등 세계 중요 국가들은 제4차 산업혁명을 착실히 준비하는 가운데 우리나라에도 분명 기회가 올 것이라는 낙관적인 전망도 있습니다. 한국전자통신연구원(ETRI) 정길호 실장은 그 근거로 우리가 메모리 반도체 분야에서 세계 최고의 기술력을 갖고 있으며 모바일 인터넷 인프라, 전자정보 서비스, 가전제품 등이 세계 최고를 유지하고 있음을 꼽고 있습니다.

제4차 산업혁명을 본격적으로 논의한 최초의 책인《제4차 산업혁명》은 이렇게 끝을 맺고 있습니다.

"제4차 산업혁명은 인류를 로봇화하여 일과 공동체, 가족 그리고 정체성과 같은, 우리 삶에 의미를 주는 전통적인 가치를 위태롭게 만들 수도 있다. 아니면 공동운명체 의식을 바탕으로 새로운 공동의 윤리의식의 세계로 인류의 수준을 높이는 데 제4차 산업혁명을 활용할 수도 있다. 후자가 실제로 일어날 수 있도록 노력하는 것은 우리 모두의 의무다."

공동체를 위한
시민의식의 변화

세월호 참사가 발생한 직후 어느 교수가 이런 칼럼을 썼습니다.

"정상국가(正常國家)는 부재했다. 한국이 세월호 사태에 막혀 침몰 위기에 놓인 것은 국가의 관리기능과 서비스 기능이 아프리카 난민국 수준이었던 까닭이다."

당시 상황이 위중하고, 많은 국민들이 분노에 차 있어 이 주장이 설득력을 가졌습니다. 그러나 '아프리카 난민국 수준'이라는 말은 인정하고 싶지 않았습니다. 그런데 연이은 그 교수의 칼럼은 "관상민(官商民)이 합작한 공모살인이자 허술한 한국사회가 낳은 예정된 재앙이었다."고 더욱 강경하게 이어졌습니다.

그런데 메르스 사고가 난 이후 한국은 국제적으로 '아프리카 난민국 수준'이란 평가를 받았으며, 많은 사람들이 '관상민이 합작한 공모 살인'이라고 인정하고 있으니, 자존심이 상해도 그 교수의 지적을 받아들일 수밖에 없습니다.

조선 산업 세계 최고수준의 나라에서 세계 최악의 선박 참사가 일어났고, 의료기술 세계 최고수준의 나라에서 세계 최악의 감염 사고가 일어난 것입니다. 어느 나라에선 한국인의 입국을 금지시키고, 어느 나라에선 한국 관광을 금지시키고, 어느 외국 단체는 연례적으로 치러지는 국제행사를 치르지 않았습니다. 마치 모래 위에 쌓은 성이 무너지는 듯한 참담함을 느낀 것은 저만이 아닐 것입니다.

저 역시 마음 같아서는 우리나라가 그런 나라가 아니라고, 이런 일이 예외적인 사고라 믿고 싶습니다. 그러나 이런 비극을 예외로 치부하는 것은 문제를 외면하고 방치하는 것에 지나지 않습니다. 그래서 세월호 참사 이후 어느 출판사는《예외. 경계와 일탈에 관한 아홉 개의 사유》를 발행하면서 "너무도 어처구니없는 무관심과 나태, 그리고 세속적 욕망이 불러온 참사라 '예외'라고 부르는 것조차 주저해야 하는, 하지만 여전히 예외라고 믿고 싶은 사건 앞에서 이런 '예외'를 어떻게 없앨 수 있을까 궁리를 해보지 않을 수 없었다."고 기획 의도를 밝힌 바 있습니다.

세월호와 메르스 사태는 우리에게 그동안 당연시하거나 익숙했던 사회의 모습이나 풍경, 또는 삶의 방식이 사실은 얼마나 허무하고 취약한 것인지를 새삼 돌아 볼 수 있는 계기를 만들어줬습니다. 따라서 더 늦기 전에 지금이야말로 국가제도와 운영체계의 개편, 관행의 변화 그리고 국민 각자의 행동양식의 일대 변화가 필요합니다.

사회 현상을 만들어 나가는데 가장 큰 영향력을 가진 정치인, 언론인, 학자 그리고 관료들의 각성과 변화로부터 시작되어야 하겠지요. 그리고 공동체의 의식을 높이기 위한 시민들의 변화도 요청됩니다. 제가 언젠가 중국에 대해서도 비슷한 지적을 했지만, 우리는 근대와 현대가, 아니면 전근대와 탈현대까지 공존하는 사회에서 살고 있습니다. 의료 쪽의 예만 들더라도 병원이나 의료장비는 첨단인데 이번 메르스 사고 확산의 원인이기도 한 1~3차 진료가 구분되지 않아 의료전달체계가 유명무실했습니다. 우리는 규칙과 질서를 무시합니다. 우리는 문제를 쉽게 해결하려고 하고 무엇이든지 싸게 얻으려고 합니다. 그러면서 또 우리는 빨리빨리, 나 먼저, 우리 가족 먼저가 일상화된 사회에서 살고 있습니다. 세월호와 메르스 사고와 같은 인재를 예방하는 일은 정부만의 힘으로 할 수 있는 것이 아니라 공동체를 지키려는 성숙한 시민의식이 선행되어야 해낼 수 있습니다.

겉만 번지르르한 사상누각이 아니라 '기초가 튼튼한 사회'로의 변화가 우선적으로 요청되며, 정·관·상·민 모두의 대오각성이 절실히 요구됩니다.

왜, 돕는 이에 따라 투자이고 비용인가

지난 2010년 말부터 2011년까지 무상급식과 관련한 논쟁이 뜨거웠습니다. 그 후 총선과 대선을 거치면서 여야 모두 대체적으로 무상급식을 수용하는 입장을 보여서 무상급식 문제는 정치권에서 사라진 줄 알았습니다. 그런데 2015년 초에 경남지사가 도교육청에 지원하던 관련 예산의 전액 삭감을 발표한 뒤 다시 논란이 되고 있습니다.

저는 평소 무상급식을 포함한 이른바 '복지 망국론'에 대해 동의하지 않는 사람입니다. OECD국가 중, GDP대비 가장 적은 복지 예산을 쓰고 있는 우리나라에서 '복지강화'가 아니라 '복지망국'이라고 주장하는 것이 타당성이 있는지 의문이 들기 때문입니다. 더욱이 초·중학교 무상급식은 강제규정은 아니나 헌법상 보장된 의무교육의 일환이기 때문에 큰 쟁점이 있을 수 없음에도 불구하고 이것이 정치적으로 쟁점화 되면서 사실이 과장되거나 왜곡되어 국민들에게 정확한 정보가 전달되지 않고 있는 점을 아쉽게 생각합니다.

우리나라의 헌법 제31조 3항은 '의무교육은 무상으로 한다.'로 되어 있습니다. 다만 무상의 범위에 대해서는 여러 설이 존재하는 것은 사실이지만 국가의 재정이 허락하는 한 수업료, 교과서 그리고 급식까지도 무상으로 해야 한다는 것이 다수의 설입니다. 따라서 무상급식은 의무교육의 완성이라는 측면으로 이해되어야 하며 그 연장선상에서 무상급식은 '의무급식'이 되어야 합니다.

일부에서는 무상급식은 '부자급식'이라고 비판합니다. 그러나 이미 이른바 부자들의 자녀에게도 수업료와 교과서, 그리고 일부 학습준비물을 무상으로 제공하고 있습니다. 같은 맥락에서 의무교육의 대상 학생들에게 점심을 무상으로 제공하는 것은 자연스러운 일입니다. 다만 예산이 허락하는 범위 안에서 무상교육의 범위를 확대하느냐, 확대하지 않느냐의 문제이지 소득수준에 따른 차등을 논하는 것은 옳지 않다고 생각합니다. 또 일부에서 무상급식에 천문학적 예산이 소요된다고 과장을 하고 있으나, 지자체마다 차이는 있겠지만, 초등학교 전 학년 무상급식일 경우, 시·도와 교육청 예산의 1% 미만이 소요됩니다. 천문학적 예산이라고 볼 수는 없는 것입니다.

무상급식과 관련한 논쟁이 한창일 때 서울대 이준구 교수의 '무상급식 논쟁을 보며'라는 다음과 같은 글을 읽고 크게 공감하였습니다.

"무료급식을 사회복지정책의 일종이라고 보면 부유층에게 무료급식의 혜택을 주는 것은 부당한 일이다. 정부가 도움을 주어야 할 사람에게만 혜택을 제한하는 것이 마땅한 일이기 때문이다. 그러나 이것이 가치재의 성격을 갖기 때문에 정부가 개입하는 것으로 보는 순간 결론은 180도 달라진다. 공공재나 가치재의 성격을 갖는 상품의 경우에는 무상 배분이 원칙이다. 따라서 부유층 자제에 대한 무상급식이 하등 문제가 되지 않는다는 결론에 이르게 된다."

의무교육의 일환으로 시행되는 무상급식은 경제적 격차나 계층적 불평등을 뛰어넘어 아이들에게 공동체를 학습하는 기회를 주고 있으며 이것은 곧 건강한 사회를 만드는 기반이 될 것입니다. 대도시에서 도로를 1km 건설하는데, 초등학교 무상급식 전액에 해당되는 300~400억 원의 예산이 소요되고, 공용주차장을 건설하는데 주차 한 대당 수 천 만원의 예산이 소요된다는 점을 감안한다면, 유독 아이들이 친구들과 함께 즐겁게 먹는 한 끼의 비용을 복지 포퓰리즘으로 몰아세우는 것은 균형 있는 시각이라고 볼 수 없습니다.

무상급식을 제외하고라도 우리나라에서 사회복지는 더 확대되어야 한다고 생각합니다. 복지는 '퍼주는 것'이 아니라, 그것이 경제 활성화로 환원된다는 점도 고려해야 합니다. 이럴 때 브라질 전 대통령 룰라의 말이 생각납니다. "왜 부자들을 돕는 것은 '투자'라고 하고 가난한 이들을 돕는 것은 '비용'이라고 말하는가."

문명사적 전환시대에 걸맞는 대학교육

저는 지금으로부터 15년 전, 국립대 총장으로 재직하면서 《조선일보》에 '정부는 대학서 손 떼라'라는 제목의 칼럼을 개제한 적이 있습니다. 당시는, 2002학년도 수능시험의 난이도가 그 전 해와 판이하게 달라 학부모와 수험생, 그리고 입시담당 교사들이 크게 당황해하면서 교육부에 대한 원망의 소리가 높았을 때입니다. 그리고 교육부는 부랴부랴 새로운 입시정책을 세우느라 애를 쓰고 있었지요. 그때, 저는 입시에 관한 모든 사항은 대학의 자율에 맡기자는 제안을 칼럼을 통해 했습니다. 입시 외에도 당시 대학가의 또 다른 핫 이슈는 계약제와 연봉제의 도입이었는데 이 문제 역시 세세한 것까지 정부가 규제하지 말고 각 대학의 자율에 맡기고 그 결과에 대한 책임을 정부가 철저히 관리하는 정책으로 전환할 것을 제안했습니다.

며칠 전《중앙일보》는 서울대 송호근 교수의 사회로 진행된 고려대 염재호 총장과 연세대 김용학 총장의 '21세기 문명사적 대전환, 대학이 앞장서자'는 대담을 게재하였습니다. 두 분 총장님은 한국의 대표적 지성으로 학계에서 촉망받는 분들이었기에 관심을 갖고 기사를 읽어보았습니다. 대담을 통해 현재 대학교육의 실상을 더 잘 파악할 수 있었지만, 교육부에 대한 세 분 지성의 성토를 듣고 나니 15년 전 제가 기고문을 쓸 수밖에 없던 암울한 상황과 한 치도 바뀌지 않은 정부의 대학 정책에 쓴웃음을 지을 수밖에 없었습니다.

대담 내용은 크게 두 가지로 요약할 수 있습니다.

첫째는 학교 예산에 관한 부분입니다. 정치권에서 너도 나도 반값 등록금을 공약하고 이에 따른 정부의 권고로 각 대학은 등록금을 동결하거나 인하할 수밖에 없었습니다. 이제는 국민들 사이에 반값 등록금이 이데올로기화되었습니다. 유럽처럼 부족한 예산을 중앙정부가 지원을 하든지, 아니면 미국처럼 등록금 자율화를 통해 재정 자율성을 확보해야 하는데 등록금은 깎아주면서 정작 정부 지원은 미미하다는 데 문제가 있습니다.

학교는 예산이 부족하니 교육의 질을 높이기 위한 투자에 인색할 수밖에 없습니다. 어느 대학에서는 교직원의 보수를 5%정도 삭감했다고 합니다. 교직원의 사기가 떨어진 것은 불 보듯이 뻔합니다. 상황이 이런 만큼 "학비를 통제하려거든 재정지원을 늘려라,"는 두 분 총장의 주장은 상당 부분 일리가 있다고 생각합니다.

다음은 입시제도, 대학평가, 교육부 지원 사업 등의 제도로 정부가 대학을 규제하는 방식에 대한 비판입니다.

두 분 총장은 지금의 일률적인 입시제도에서 벗어나 수시지원을 자율화해 달라고 요구합니다. 말 그대로 1년 내내 학생을 수시로 뽑을 수 있게 허용해 달라는 것이지요. 이렇게 해서 50% 정도의 학생을 뽑으면 사교육비를 상당 부분 줄일 수 있다는 것입니다. 수능과는 상관없이 학교성적, 봉사활동 그리고 면접을 통해 뽑기 때문입니다. 서울의 강남지역 논술과외가 한 달에 1천만 원이라는 말이 떠돌고 있는 현 시점에서 정부가 귀 기울여야 할 얘기라고 생각합니다.

교육부가 돈을 나눠줄 테니 대학이 줄서서 사업을 따가라고 하는 지원사업제도도 문제가 많습니다. 두 총장은 이런 조치들로 "대학은 망가진다.", "고사 직전에 이른 대학" 또는 "이런 현재 대학의 꼴이 우리의 미래를 암담하게 한다."고 강한 표현으로 문제를 토로하고 있었습니다.

그리고 대학평가에서 취업률을 따지는데 이것도 문제가 많습니다. 얼마나 많은 졸업생이 취업하느냐로 대학을 평가하다보니 대학이 취업준비를 위한 학원이 되어가고, 인문학의 퇴조로 이어지는 심각한 부작용이 있습니다. 학생들도 취업용 스펙 쌓기에 치중하여 진정 창의적이고 자기 세계를 가진 인재를 키우기 어렵습니다. 정 경제 기여 부문을 반영하고 싶다면, 취업보다는 차라리 창업을 유도해야 대학 교육이 제대로 작동할 것입니다. 염재호 총장은 미국 스탠포드대 총장의 말을 인용해 대안을 제시합니다.

"취업률 얘기는 안 한다. 창업을 얼마나 했는지, 그것이 국내총생산(GDP)에 얼마나 기여했는지를 중시한다."

김용학 총장은 대학에서 창업정신을 불어넣는 게 중요하다고 말하면서 "창업은 문화운동"이라고 정의하였습니다. 사회를 맡은 송호근 교수도 평소에 학생들에게 "다른 사람의 일자리를 뺏지 말고 나가서 너희들이 일자리를 만들라."고 당부한다는 얘기를 했습니다.

대담은 정부 비판에서 그치지 않고 대학이 나아갈 길에 대해서도 숙고한 내용을 담고 있었습니다. 두 총장은 명문대학 교육이라는 자원을 공유하여 열린 인재 양성을 하고자 함을 천명하고, 고려대와 연세대가 보유한 모든 인력과 시설을 공유하고 제도의 호환성을 높이겠다는 계획을 발표했습니다. 이러한 자원 공유 모델과 같은 창조적 파괴를 통해 상속부자가 아닌 자수성가형 인물을 길러내려는 것입니다. 두 분 총장의 대담을 읽으면서, 이런 분들이 계시는 한 아직 대학 교육의 장래를 속단하기는 이르다고 생각했습니다.

민주화는 성장의 효율성과
분배적 정의까지 포괄해야 한다

지난번 18대 대선의 최대 쟁점은 '경제민주화'였습니다. 당시 새누리당과 민주통합당은 선거공약으로 경제민주화를 채택함으로써 국민의 관심을 모았습니다. 경제민주화를 가장 강력하게 주장한 박근혜 후보가 대통령에 당선됨으로서 논의는 본격화되었습니다. 선거과정이나 선거가 끝난 직후에 양당 간 또는 전문가 사이에서 경제민주화의 개념과 주요내용에 대한 활발한 토의가 있었습니다.

특히, '경제민주화의 아버지'라고 자처하는 김종인 박사는 경제민주화 때문에 박근혜 후보를 도왔고, 대통령 취임 후에는 아이러니하게도 경제민주화 때문에 박근혜 대통령의 비판자로 돌아섰습니다.

경제민주화는 진보진영 내에서 또는 보수와 진보진영의 학자들 사이에도 끝없는 논쟁을 하였으나 뚜렷한 결론도 없이, 이제는 경제민주화에 대한 관심이 많이 희석된 것이 사실입니다. 대통령 취임 후, 정부는 경제민주화의 주요내용을 정책과제로 제시했으나 지금은 정책의 '내용'보다는 정책의 '추진 의지'가 논란의 대상이 되었습니다.

박근혜 대통령이 밝힌 경제민주화는 경제적 약자에게는 확실히 도움을 주어야 하고, 국민적 공감대가 부족한 정책은 부작용을 최소화하면서 단계적으로 추진할 것이며, 대기업의 장점은 살리되 잘못된 관행을 반드시 바로잡아 중소기업이 공생하도록 하는 것'이라고 원칙을 밝혔습니다. 이는 상당히 포괄적이고 다듬어진 개념이지만 진보나 보수, 그리고 대기업, 모두로부터 환영을 받지 못했습니다. 그러나 경제민주화를 열망하는 국민들의 입장에서는 이것만이라도 제대로 실천하면 경제민주화의 상당 부분을 해결할 수 있다고 생각하고 있으며, 대기업도 경제민주화는 곧 재벌개혁이라는 등식이 아니기 때문에 어느 정도 양해하는 듯 했습니다.

넌 말 국정감사에서 야당은 대통령의 경제민주화를 '재벌 봐주기'로 후퇴하고 있다 비판하고, 여당은 경제민주화는 최근 여야가 함께 추진해 왔고, 경제적 약자를 도와서 우리 경제의 선순환을 유도하는 데 공감하고 있지 않느냐고 반격했습니다.

그러나 돌이켜보면 지금까지의 '경제민주화'는 민주주의라는 큰 틀 안에서 논의된 것이 아니라 '정치민주화'와 별개로, 즉 협의의 경제민주화만을 독립시켜 논함으로써 불필요한 논쟁을 야기한 것이 아 닌가 하는 생각을 지울 수 없습니다.

민주화는 자유와 평등(정치적 민주화)뿐만 아니라 성장의 효율성과 분배적 정의(경제적 민주화)까지 포괄하고 있기 때문에 당연히 민주주 의 또는 민주화의 틀 안에서 경제적 민주화를 고찰해야 했습니다.

정치학에서는 오래전부터 민주화는 세 단계, 또는 세 수준이 결합 된 복합적 개념으로 파악하고 있습니다. 즉 자유화, 민주화 그리고 사 회화(여기서 사회화는 O'Donnell 등이 사용한 개념으로 사회 경제민주로 대체 할 수 있음)의 단계들이 결합됨으로써 민주화가 완성된다는 것입니다.

자유화라는 말이 기본적인 인권과 정치적 자유, 집회 및 결사의 자 유를 보장하는 것이라면, 우리나라에서는 이미 어느 정도 달성되었 다고 볼 수 있습니다. '민주화'란 '시민권을 보장하는 과정'으로서 경 쟁적 선거, 시민의 자유 그리고 상당한 정도의 '체재 내 반대'의 허용 등으로 특징지을 수 있으니 이 또한 어느 정도 달성되었다고 볼 수 있습니다.

사회화 또는 경제민주화는 사회에서 생성된 재화와 용역으로부터 얻어지는 부, 소득, 교육, 주택, 정보, 심지어는 자율성과 위신 등을 포 괄하는 이익은 모든 사람에게 공정하게 제공하는 것과 관계가 있습 니다. 따라서 민주화는 정치적 영역뿐만 아니라 경제적 평등실현을 목표로 하고 있으며, 이 점에서는 우리나라가 오히려 후퇴하고 있다는 지적을 받습니다.

　현재 정부가 주장하는 경제민주화를 '경제적 약자의 권익 보호, 모든 거래의 공정성 확보, 대기업 지배체제에 대한 견제'라고 요약한다면 위에서 지적한 경제민주화가 지향하는 가치와 동일하다고 볼 수 있습니다. 그러나 경제민주화의 비전이 실질적 성과로 이어지기 위해서는 진보진영이나 야당에서 우려하듯, 정부의 실천 의지가 매우 중요합니다. 이와 더불어, 경제민주화 논의 자체를 독립적인 개념으로 협소화시키지 말고 민주주의 여러 현상과 연계된 개념으로 보는 것이 보다 합리적이라고 생각합니다.

기득권의 포기를 통한
신뢰 확보가 우선이다

세계인이 우리나라를 부러워하고 있으며 모범사례로 소개합니다. 참 독특한 나라이지요. 그도 그럴 것이 3년 1개월 동안의 6.25전쟁으로 모든 국토와 공업시설이 황폐화되었던 나라가 짧은 시일 내에 민주화를 달성하고, 세계 무역규모 10위 내외, 기술력 5위 내외로 급성장했기 때문입니다.

그러나 '세월호'와 '윤 일병 치사' 사건 등 매우 후진적인 일들이 빈발하고 있으며 정부신뢰도, 부패인식지수 그리고 사회적 자본 순위는 아직도 하위권에 머물러 있습니다. 물론 어떤 나라이든지 양면성은 존재하나, 우리나라는 그 정도가 극심한 것 같습니다.

같은 맥락에서 우리나라의 지방자치는 20년 동안 아무런 진전이 없었습니다. 우리나라가 현대적 개념의 지방자치제를 시행한 것은 1952년입니다. 꽤 많은 연륜이지요. 그러나 지방자치는 1961년 5.16으로 중단되었고, 1991년에는 30년 만에 지방자치제가 부활되었으나 지방의회만 구성하여 반쪽 지방자치제였습니다. 진정한 지방자치제는 1995년 6.27선거로부터 시작되었기 때문에 지방의회를 기준으로 하면 23년, 지방자치단체장까지 포함하면 19년의 역사입니다.

그동안 '지방행정' 측면에서는 괄목할 만한 발전이 있었습니다. 이는 선거 때문입니다. 선거로 선출된 지방자치단체장이 이끄는 모든 지자체는 경제활성화를 위하여 투자 및 기업 유치, 관광 등 MICE 산업(기업회의Meeting, 인센티브관광Incentive, 국제회의Conference, 전시사업Exhibition을 의미하는 영어 단어의 첫머리) 확대, 축제 등 각종 이벤트 활성화로 경영행정을 확대하였습니다. 시민들의 주권의식도 높아졌고 선거를 통해 평가를 받기 때문에 과거에 비하여 서비스행정의 질이 획기적으로 개선되었습니다. 아직 성숙 단계는 아니지만 정책, 예산편성, 감사 등에서 시민 참여가 활성화되었고, 언론과 각종 사정기관의 감시 등으로 투명행정의 진전을 이뤘습니다.

진일보한 지방행정에 비해 지방자치가 제자리걸음을 하고 있는 것은 중앙정부와 중앙정치권이 기득권을 포기하지 않는 데서 비롯됩니다. 몇 가지 구체적인 사례를 들자면 재정이나 권한 부분에선 2할의 자치 수준이고, 지방세와 국세의 비율은 20대 80이고, 지방자치사무와 국가사무도 20대 80입니다.

실질적으로 지방에 쓰이는 재정은 60%인데 지방세 재원이 20%이므로 중앙정부는 40%의 재원을 자신들의 뜻(물론 일부 근거와 기준은 있지만)에 따라 지원함으로써 지방의 자율성을 제약하고 있습니다. 국가 사무를 지방자치 사무에 위임한다고 하지만 자율성은 보장되고 있지 않습니다. 위임된 지방자치 사무도 중앙정부가 정한 법률이나 시행령에 구속을 받기 때문에 지방자치 또는 자율행정의 보장이라고 말할 수 없습니다. 마찬가지로 중앙정치권도 지방단체장과 지방의원에 대한 공천권 행사를 통해 자율성과 풀뿌리 민주주의를 위축시키고 있습니다.

따라서 많은 지자체가 재정 위기에 처해 있습니다. 지방재정 자립도는 지난해 51.5%에서 올해 44.8%로 추락해 1991년 지자체 시행 이후 최저 수준을 나타내고 있습니다. 자체 수입으로 직원 인건비를 해결하지 못하는 지자체의 수가 지난해 38개 단체에서 올해는 78개 단체로 2배 이상 증가하였습니다.

왜 이렇게 지방자치가 왜곡되어 있을까요? 그것은 사회구성원들이 중앙집권적 사고방식에서 탈피하지 못하고 중앙정부는 지자체에 대한 불신이 높기 때문입니다. 뿐만 아니라 지방자치의 강화는 중앙정부의 권한축소로 이어지기 때문에 기득권을 포기하지 않으려는 중앙정부의 의도가 작용하고 있습니다. 과거 역대 정부에서도 대통령들의 지방자치에 대한 의지는 매우 강했으나 중앙관료의 벽을 뚫지 못했습니다.

결론적으로, 지방행정은 계속 개선하고 변화를 줄 것이나 지방자치의 활성화는 당분간 기대하기 어려울 것입니다. 중앙정부와 정치권의 획기적인 결단이 필요한데 현재로서는 중앙정부의 의지가 약하고 소극적입니다.

경제적인 성과에 비해 국격이 낮은 것과, 민주화의 성과에 비해 지방자치의 수준이 낮은 것을 해결하기 위해 가장 선행되어야 할 일은 기득권의 포기를 통한 신뢰 확보입니다. 중앙정부는 지방정부의 능력을 믿고, 공무원은 시민의 선의와 자율성을 믿어야 합니다. 시민 상호 간에는 상호배려를 바탕으로 공동체 문화를 형성해야 합니다. 이러한 문제가 해결된다면 우리사회의 취약성과 지방자치의 왜곡도 어느 정도 시정되리라 생각합니다.

제 의견이 전적으로 옳은 것은 아닐 수도 있습니다. 그럼에도 오랜동안 지방자치와 지방행정을 고민해온 사람으로서, 권한을 가진 사람들이 적극적인 개선 의지가 없는 현실을 몹시 안타깝게 생각합니다. 중앙과 지방이 다르지 않게 존중하고 협력하며 시민 행복을 가꾸어가는 그날이 빨리 오기를 희망합니다.

낙수효과와
분수효과

　대부분의 성직자들은 현실 정치나 경제 문제에 대해 일정한 거리를 두고 있습니다. 그런데 새로이 교황에 선출된 프란치스코 교황의 예외적 행보는 큰 논란을 빚으면서도 한편, 신선한 충격과 각성을 불러일으키고 있습니다. 최근 우리나라에도 프란치스코 교황이 제시하는 세계경제의 문제와 해법에 관한 두 권의 서적이 동시에 출판되었습니다. 연이어 출판된 《이놈의 경제가 사람 잡네》와 《교황의 경제학》이 그것입니다. 물론 저자는 따로 있지만 두 책 모두 프란치스코 교황의 어록과 활동을 상세히 설명하고 있습니다.

　《이놈의 경제가 사람 잡네》의 첫 페이지, 첫 줄은 "우리는 소외와 불평등을 가져오는 오늘날의 경제에 대해 '멈춰!'라고 소리치며 거부해야 합니다."라는 문장으로 시작합니다.《교황의 경제학》에서도 혼란스러운 21세기 경제에 대한 교황의 메시지를 전하고 있는데, "그러한 경제는 사람을 죽일 뿐입니다. 나이든 노숙자가 길에서 얼어 죽은 것은 기사화되지 않으면서, 주가지수가 조금만 내려가도 기사화되는 것이 말이나 되는 일입니까?"라고 항변합니다. 더 나아가 "인류의 보편석 가치를 무시하는 신자유주의 경제체제는 사람을 죽이는 것"이라는 등 과격한 표현을 거침없이 사용하고 있습니다.

프란치스코 교황은 가난한 사람들, 소외된 사람들, 장애인들을 지나치게 강조한다는 비난을 받을 정도로 가난의 경제학을 설파합니다. 마치 "가난한 사람이 바로 나의 몸"이라고 말씀하신 예수를 보는 것 같습니다. 교황은 "가난한 사람, 가난한 사람, 가난한 사람들을 잊지 마시오."라는 말을 평소에 자주 사용합니다. 교황이 되기 전 대주교로 있을 때부터 "인간의 권리는 살인적 테러나 억압에 의해서만 훼손되는 것이 아니라 존재를 위협하는 극심한 가난과 큰 불평등을 가져오는 불의한 경제구조에 의해서도 위협받고 있다."고 했습니다.

교황은 현재의 세계경제를 '미친 경제'라고 규정하면서 경제 전반에 걸쳐 비판과 충고를 하였지만 교황이 특히 비판한 경제개념은 '낙수효과'였습니다. 부자가 돈을 많이 벌면 가난한 이들도 부를 함께 누리게 된다는 원리가 낙수효과입니다. 이 이론은 컵의 물이 가득차면 아래로 떨어지고, 그래서 가난한 사람들까지 혜택을 볼 수 있다고 주장한 것입니다. 그러나 교황은 "물이 가득차면 마술처럼 컵이 커져 가난한 이들을 위해서는 한 방울의 물도 떨어지지 않게 된다."라고 비판합니다.

《교황의 경제학》을 번역한 전광철 씨는 '교황의 말씀이 한국사회에 던지는 메시지'를 다음과 같이 정리해 우리를 씁쓸하게 만듭니다. "결론적으로 낙수효과는 사실이 아니며 혹시라도 그렇게 떨어지는 것이 있다면 그것이야말로 바로 빚입니다. 낙수효과는 빚더미가 쌓이는 효과일 뿐입니다."

이러한 비판이 교황으로부터 나왔다는 사실 외에 전혀 새로울 게 없는 내용임에도 불구하고 보수적인 미국인들 사이에서는 교황이 마르크스주의자로 통하고 있습니다. 일부 언론은 교황의 언어들을 이교적 언사라고까지 비난합니다.

노벨경제학상을 수상하고 "대체 불가능한 위대한 경제학자"라고 칭송받는 컬럼비아대학 조지프 스티글리츠 교수는 2012년(교황의 '낙수효과' 거론 이전)에 낙수경제 이론을 비판했습니다.

"이 이론은 오랜 역사를 지니고 있지만 오래전에 신빙성을 잃었다. 심각한 불평등은 성장의 가속화로 이어지지 않았으며, 대부분의 미국인들은 실제로는 자신의 소득이 감소하거나 정체되는 것을 목격했다. 최근 몇 년간 미국이 경험한 것은 낙수경제이론과 상반되는 것이었다. 즉, 상위계층에게 돌아가는 부는 하위 계층을 희생시킨 데서 나온 것이다."

프란치스코 교황의 '낙수효과'에 대한 비판은 전혀 과격한 것이 아니고 진보적인 경제학자들 사이에서는 이미 상식입니다. IMF의 연구 결과도 '낙수효과'로 소득 재분배 효과를 달성하기는 어렵다고 전망했습니다.

최근 우리나라 학계에서도 '낙수효과'는 시효가 지난 이론이라는 데 많은 학자들이 동의를 하고 있고, 정부나 정치권에서도 그에 대한 대안으로 '분수효과'를 거론하고 있습니다. '낙수효과'가 성장우선론이라면 '분수효과'는 분배우선론입니다. 대기업 소득 증대를 통하여 투자증대를 꾀하면 이것이 경기부양으로 이어지며 그 결과 서민경제에 혜택이 높아진다는 것이 성장우선론이고, 대기업에 세금을 올리면 서민 경제복지 혜택으로 이어져 소비가 증대되고 경기가 부양된다는 것이 분배우선론입니다. 그러나 '낙수효과'나 '분수효과'는 모두 같은 뿌리에서 나왔다는 것이 저의 입장입니다.

우리 정부는 두 정책을 모두 채용하고 있습니다. '낙수효과'의 대표적인 정책은 부자감세와 9.1부동산 대책이고, '분수효과' 경제정책은 체크카드 소득공제율 상향과 비정규직의 정규직 전환 시 임금 지원 등입니다.

동반성장위원회 안충영 위원장은 "이제는 낙수효과가 아닌 분수효과를 기대하자."고 주장했습니다. 효율적인 정책 수립과 실행, 사회 각 주체의 합의를 통해 기업과 국민 모두가 낙수와 분수의 효과를 함께 누렸으면 합니다.

겉치레를 버리고
진정한 실용으로

대전의 자매도시인 미국 시애틀을 다녀왔습니다. 올해가 자매관계 체결 25주년이 되는 해이고, 시애틀에는 최근에 시장이 새롭게 선출되었습니다. 그래서 향후 두 도시 간 교류협력 증대 방안을 협의하고, 특히 시애틀을 비롯한 미국 서북부 지역 동포들을 대상으로 대전의 의료관광 현황을 설명하기 위함이었습니다.

우리 일행은 시애틀 시장을 방문하여 시장, 부시장, 국제업무담당관 그리고 시의원과 함께 마주하여 도시의 교류협력 프로그램에 대해 많은 대화를 나누었습니다. 면담이 끝난 뒤 시애틀 측에서 우리에게 점심을 대접하겠다더군요. 그런데 장소를 이동하지 않고 회의실에서 샌드위치 도시락을 하나씩 돌리는 것이었습니다.

우리 식이라면 "외국 손님에게 이렇게 홀대를 할 수 있느냐."고 불평을 할 수도 있는 상황이었지만 미국인들의 실용성과 절약 정신의 현장을 직접 경험해서인지 저에겐 신선한 충격으로 다가왔습니다. 물론 두 도시는 자매도시 관계이기에 교류 프로그램 못지않게 사람들 간의 친목도 중요합니다. 그러나 무엇보다 일이 우선이고 식사는 부수적이라고 생각하니 '샌드위치 접대'가 그렇게 중요한 문제는 아니었습니다. 단지, 매우 자연스럽게 샌드위치 점심을 내놓는 것을 보고 이것이 그들의 생활방식이라고 생각했습니다.

미국 사회는 교육자이자 철학자였던 존 듀이가 "진리의 척도는 실용에 있다."고 말했을 정도로 철저하게 실용주의를 견지하고 있습니다. 그래서 일상에서는 사치와 허례허식이 거의 없습니다. 민주주의의 모델 국가인 미국은 정치와 행정 제도와 운영도 실용적입니다. 미국의 행정구역은 기본적으로 주(state), 카운티(county), 시(city)로 구성되는데, 뉴욕, LA, 시카고 등 대도시가 아닌 시(city)는 우리처럼 일부를 제외하고는 직접선거나 권력분립이 제대로 지켜지지 않고 실용성과 경영적 성과가 강조되고 있었습니다.

제가 방문한 워싱턴 주의 경우 39개의 카운티로 구성되었고 그 아래 277개의 시가 속해 있습니다. 그중 시애틀 같은 큰 도시를 제외하고는 시장은 비상근직이며 수당을 제외하고는 보수가 없습니다. 시정은 민간인인 시티매니저가 책임지고 있습니다. 시의회 의장과 시장은 겸직이 많고 윤번제로 돌아가기도 합니다. 심한 경우, 시티매니저를 10년 이상 연임하는 경우도 있다고 하니까 권력의 남용 방지가 완벽히 보장된 제도라고는 볼 수 없습니다. 그래도 그러한 문제점이 크게 부각되지 않고 민주주의의 기본 원칙인 주권재민의 이념이 실현되고 있습니다. 자유라는 기본적 토대 위에 유용성, 효율성, 실제성을 중시하는 것이 미국적 실용주의라고 하겠습니다. 이에 더하여 매사에 철저한 자기절제의 미덕이 발휘됩니다.

우리나라와 미국의 실용주의를 단순히 비교하는 것은 무리가 따릅니다. 왜냐하면 긴 세월 동안 축적된 문화와 가치관이 다르기 때문입니다. 그렇다 하더라도 본질적이고 실질적인 성과를 중시하는 미국에 비해 우리는 불필요한 형식을 중시하는 경향이 강합니다. 또한 비효율적인 관행·관습, 허례허식도 그대로 존재하고 있으며 이는 부패와 비리와도 연결됩니다.

저는 귀국하자마자 간부회의와 직원조회를 통해 미국에서 느낀 점을 이야기하면서, 그동안 우리가 예산 절약을 위해 꾸준히 노력을 해 왔지만, 앞으로 더욱 철저히 그리고 미세한 부분까지 실행에 옮겨야 함을 강조하였습니다. 접대를 함에 있어서도 예의와 의전은 깍듯이 하되 음식비용은 줄이고 사무용품이나 종이 한 장이라도 더 절약하자고 주문했습니다. 현재 우리나라의 정치, 행정의 문제는 법과 제도의 미비에서 연유한 것이 아닙니다. 오히려 법과 제도는 세계적으로 좋은 사례를 대부분 채용하고 있습니다. 그러나 문제는 형식적인 겉치레 운용에 있습니다. 생각이 바뀌지 않으면 제도를 바꿔도 효과가 없게 마련이고 형식적으로 운영하여 실천으로 이어지지 않는다면 좋은 법과 제도는 제 기능을 발휘하지 못할 것입니다.

여러분의 가정과 직장에서부터 먼저 불필요한 형식과 잘못된 관행, 허례허식이 있는지 꼼꼼히 살피고 하나하나 개선하며 실용적인 의사 결정을 해보는 것은 어떨까요?

계층 혼합적 시설과
참여형 프로그램을 개발하자

노벨경제학상을 수상한 세계적인 석학 조지프 스티글리츠 콜럼비
아대학교 교수는 미국이 "상위 1%가 지배하는 나라"라고 선언했습
니다. 만인이 경제성장의 혜택을 공유할 수 없는 사회라고 규정한 것
이지요.

이런 미국사회의 불평등으로 부자는 갈수록 부자가 되고, 부자 중
에서도 최상층은 더욱 큰 부자가 되고, 가난한 사람은 갈수록 가난해
지고 그 수가 더욱 많아지며, 중산층은 공동화되고 있다는 것입니다.
그는 평등성을 강화하는 방향으로 시장의 힘을 재조정해야 한다는
원론적인 대안을 제시하면서, 미국의 미래를 두 가지 방향으로 예측
하였습니다.

하나는 미래의 미국은 '격차가 더욱 벌어진 사회'가 된다는 것입니다. 두 개의 계층이 하나의 경제 안에서 살아가면서도 서로 알지 못하고, 다른 집단이 어떻게 사는지 상상하지 못하는 사회가 될 것이라고 합니다.

다음은 '격차가 줄어든 사회'입니다. 모두가 운명공동체라는 가치를 인식하고 기회와 공평성에 대한 사회적 약속이 유지되는 사회가될 것이라고 합니다. 물론, 스티글리츠 교수는 두 번째 미래상이 미국의 가치관에 부합되는 유일한 사회라고 결론을 지으면서도 지금 "희망의 불꽃은 위태롭게 흔들리고 있다."고 우려하고 있습니다.

마이클 샌델은《정의란 무엇인가》에서 "소득, 권력, 기회를 정당하게 분배할 수 있다면 얼마나 좋겠는가?"라고 문제 제기하면서 사실상 공정한 분배의 어려움을 시인하였습니다. 또 그는 분배 정의와 공동선의 연관성을 강조했습니다. 정의는 올바른 분배만의 문제는 아니고 올바른 가치 측정의 문제이기도 하다는 것이지요. 문제는 부자와 가난한 사람의 삶이 점점 더 괴리된다는 데 있으며 때문에 경제적, 산술적인 분배만이 아니라 부자와 가난한 사람간의 공동체의식을 확대하는 것이 중요하다고 보았습니다.

그렇다면 미국뿐만 아니라 우리나라에서 부자와 가난한 사람 간에 운명공동체라는 의식을 갖게 하는 대안은 무엇일까요? 마이클 샌델을 비롯한 많은 학자들이 주장하는 것처럼 공공시설이나 공공서비스를 고급화하고 개선한다면 그 혜택을 부자와 가난한 사람들이 같이 받을 수 있습니다. 예를 들어 상류층 통근자를 끌어들일 대중교통체계를 개선하고, 민간 병원 못지 않은 보건소를 운영하고, 각종 생활체육시설을 고급화하여 저변을 확대하고, 도서관이나 문화센터를 마을마다 건립하는 것입니다.

이러한 조치가 필요한 이유는 빈부격차가 벌어지면 부자와 가난한 사람이 유리되고, 공동체의식이나 연대의식이 약화되기 때문입니다. 부자는 경찰에 의존하기보다는 사설 경비업체와 계약을 맺고, 정부에서 운영하는 체력 단련장을 사용하는 대신 사설 고급 스파를 이용하게 됩니다. 부자와 가난한 사람들은 일상에서 마주칠 기회조차 사라지고 향유하는 문화도 생각도 점점 더 달라질 것입니다. 반면 공공시설을 고급화하여 다양한 계층이 함께 이용하게 한다면 닫힌 공동체에 다양한 계층을 끌어들이고, 다양한 계층의 시민들이 서로 소통하는 장소가 될 것입니다.

대전 시민대학의 경우, 바로 이러한 좋은 예가 될 수 있습니다. 전국에 수많은 공·사립 평생교육기관이 있지만 다른 기관과 성격이 다릅니다. 연간 67만 명의 수강생이 4,400여 강좌에 참여했습니다. 수강생 중에는 교수도 있고 학력이 낮은 분도 있으며, 소득수준이 높은 분도 있고 낮은 분도 있습니다. 어느 강좌는 고등학교 졸업자가 강사이고 대학 교수나 박사가 수강생인 경우도 있습니다. 지역공동체 내에서 서로 교류할 기회가 없었을 시민들이 계층을 초월하여 한 공간에서 함께 섞이게 된 것입니다. 세금으로 지원되는 대전 시민대학을 통해 교육 프로그램을 다양화, 고급화하고, 강사의 질을 높이며, 교육의 만족도를 높임으로써 부자와 서민들, 남녀노소가 같이 이용하는 데 목표와 의미가 있습니다.

이렇듯 '계층 혼합적' 시설이나 프로그램은 참여자들의 공동체 의식을 높이고 서로 공동운명체임을 확인하게 할 수 있습니다. 나아가 사회 전체에 건전한 공동체문화가 퍼져나가고 공동선이 증대되는 데 작지 않은 역할을 하리라 확신합니다.

시민을 위한 예술

　최근에 우리는 '문화는 돈이다', '과학과 예술의 융복합', '컴퓨터는 기계가 아니라 예술품이다', '빌 게이츠는 미켈란젤로의 작품을 감상하면서 사업구상을 했다'는 등의 말을 자주 들을 수 있습니다

　이렇듯 우리는 문화나 예술 같은 소프트파워가 국력을 좌우하는 시대에 살고 있습니다. 따라서 정부도 적극적인 문화예술 정책을 펴나가고 있습니다. 정부 문화정책의 효시는 역시 프랑스입니다. 프랑스는 드골 정부인 1959년에 세계 최초로 문화를 담당하는 부서 즉 문화부를 설립하여 초대장관으로 소설가인 앙드레 말로를 임명했고, 그는 10년 동안 문화부 장관을 역임하면서 지역문화 생성(문화 향유권)과 문화적 기반(예술가 지원)을 구축하는데 심혈을 기울였습니다.

프랑스는 각지에 '문화의 집'을 건립하여 파리에 집중되었던 문화 생산 및 보급 활동을 분산시켰습니다. 국민 모두가 연극, 영화, 음악, 미술, 문학 활동에 참여하고 접근할 수 있는 인프라를 만든 것이지요. 뿐만 아니라 기초예술에 대한 재정적 지원을 크게 확대하였습니다.

우리나라도 정권에 따라 강조점의 차이는 있지만 프랑스 문화예술 정책의 기조와 큰 차이는 없습니다. 그러나 항상 문화예술 정책의 목표와 대상에 대하여 논란이 있어 왔습니다. 정책의 대상이 예술인인가 아니면 예술소비자(시민)인가? 가장 우수한 예술 또는 예술가를 지원할 것인가(수월성), 아니면 발전가능성이 높은 예술 또는 예술가를 지원할 것인가(보편성)로 요약할 수 있습니다. 이러한 쟁점은 있다 하더라도 기본적으로 시민의 문화 향유권 신장을 최우선적인 정책 목표로 설정해 온 것은 사실입니다. 그러나 여기에 대해서도 기본적인 관점을 정리할 필요가 있습니다. 문화 향유권 신장이라면 공급자(예술가)뿐만 아니라 수요자(시민)에게도 지원을 강화하는 것을 뜻하고 특히 작년부터 시행된 '지역문화진흥법'에도 생활문화 또는 생활예술의 지원과 확대가 포함되어 있습니다. 이 모두가 예술가 중심의 사업이나 지원만이 아니라 서민이나 문화 소외계층 등 다양한 국민들이 폭넓게 생활 속에서 예술 활동에 참여할 수 있는 프로그램을 개발하여 현지 밀착형 지역 사업을 확대하는 의미를 담고 있습니다. 그러나 여기서 유념할 것은 과연 우리나라의 경우 공급자 또는 창조자 중심의 지원 프로그램이 제대로 가동된 적이 없고, 문화예술계의 역량이 제대로 성숙되지 않은 상태에서 수요자만을 강조하는 것도 적절한지에 대한 논란은 남아 있습니다.

생활문화나 생활예술도 예술가의 창조적 역량과 참여가 전제되어야 꽃피울 수 있습니다. 따라서 우리나라도 예술가 중심에서 시민중심으로의 전환이 아니라, 프랑스에서 시행하고 있는 것처럼 지역문화 생성과 예술가 지원을 통한 문화 예술적 기반 강화라는 두 축을 병행해야 된다고 생각합니다.

우리지역에서도 최근 이와 관련한 시각의 차이가 노출되고 있습니다. 최근에 개관한 '대전예술가의 집'과 관련하여 시민 세금으로 건립한 이 공간이 시민 중심의 공간이어야지, 왜 예술가 중심의 공간이냐는 반론이 제기되어, 명칭 변경을 논의하고 있는 것 같습니다. '시민 중심'이라는 표현은 너무 지당하고 '착한 말'이기 때문에 누구도 이의를 제기하기 어렵습니다. 그러나 이 시설은 예술가를 위한 공간입니다. 예술가를 지원해서 역량을 강화하는 것은 바로 시민의 문화 향유권 확대로 연결되기 때문에 예술가와 시민을 분리해 대척점으로 설정하는 것은 어불성설입니다. 예술가의 영감과 재능은 창조적으로 재 개념화되어 시민들에게 돌아갈 것입니다.

양성평등이
고령화를 극복한다

영국의 인구학자 폴 월리스는 고령화 사회에 가져올 충격을 지진 (earthquake)에 빗대어 '에이지퀘이크(agequake)'라고 표현했습니다. 2020년 무렵에는 세계 경제가 에이지퀘이크로 큰 충격을 받을 것이며, 그 강도가 리히터 규모 9.0에 달할 것으로 예측하였습니다.

그는 한국도 피해를 크게 입을 국가 중 하나로 꼽았는데, 그도 그럴 것이 현재 한국의 출산율은 1.15로 세계 최저 출산국이기 때문입니다. 다시 말해 출산율이 세계 최저이기에 인구 고령화 속도 역시 세계 최고이며, 2018년에는 노인 인구비율이 14%를 넘어 '고령사회'로 진입할 것이고, 이는 폴 월리스가 지적한대로 엄청난 경제적 충격으로 이어질 수 있습니다.

이에 따라 정부는 2006년부터 저출산 극복대책을 세우고 막대한 예산을 투입했으나 오히려 출산은 '뒷걸음'치고 있습니다. 정부는 종합선물세트 같은 대책을 내놓고 막대한 재정 투입을 하였으나 정책적 효과는 거두지 못했습니다.

복지예산 전문가인 KDI 윤희숙 부장은 선진국에서는 고학력 여성의 출산율이 상승추세에 있는데, 이는 양성평등 원리가 힘을 받았기 때문이라고 분석하고 있습니다. 즉 고용기회의 증가가 출산율 증가로 이어지는 선순환이 발생하는 것이지요. 이의 대표적인 나라는 스칸디나비아 국가를 비롯하여 미국, 영국, 호주, 프랑스, 네덜란드 등입니다.

따라서 양성평등 원리나 여성의 경제활동 지원에 예산을 투입하는 것이 필요한데, 우리나라의 경우 전체 가구를 대상으로 하는 양육비 지원은 80%입니다. 물론 양육비, 가사도우미 등 현금이나 이에 준하는 지원으로 효과를 본 프랑스, 싱가포르 같은 국가도 있고, 우리나라 기혼 여성의 출산 기피 원인은 대부분 경제적 부담이기 때문에 직접지원의 필요성은 충분히 인정돼 있지만 최소한 양성평등 원리나 여성 경제활동 지원을 확대하는 방안과 병행하여 추진하는 것이 보다 합리적인 대책이라고 생각합니다.

그렇다면 이를 위한 대책은 무엇일까요? 저는 전업주부와 워킹맘을 위한 제도와 문화를 확실히 바꾸는 것이라고 생각합니다. 육아, 가사, 업무로 시달리는 워킹맘에 대한 부담을 줄여주고, 전업주부를 인정하고 격려하는 제도와 문화의 개선이 추진돼야 합니다.

전업주부는 연령 및 계층이 다양하여 접근이 어렵고 정책의 사각지대에 놓여 있는 것이 사실입니다. 주부의 자존감을 향상시킬 수 있는 부부재산 공동 소유를 비롯하여 서울대 김난도 교수가 구체적으로 제안한 것처럼 가정 내에서 전업주부의 자기 책상, 자기 시간, 자기 통장 갖기를 정착시키는 것입니다. 전업 주부일지라도 자기만의 공간과 시간을 갖고, 가사 노동의 대가로 떳떳하게 이체 받을 수 있는 통장을 갖는 것이 필요합니다.

또한 워킹맘은 일과 육아를 모두 잘 하는 수퍼우먼이 아닙니다. 따라서 워킹맘에 대한 지원이 필요한데 그러기 위해서는 직장에서는 퇴근시간에 부담 없이 회사를 나설 수 있도록 기관에서 여건 조성을 해야 하며 구체적인 방법으로, 퇴근시간 준수, 시차 출·퇴근제, 탄력적 근로시간제 등 유연근무제를 확대해야 합니다.

가정에서는 부부의 가사 및 육아 공동분담, 남편의 육아 휴직을 확대하여 퇴근길이 '도로 출근길'이 되지 않도록 생활화해야 할 것입니다. 정부는 이와 같은 양성평등 원리 구현, 여성 경제활동 지원 그리고 양육비 지원 등을 균형있게, 그리고 적극적으로 추진하여 출산율을 높임으로서 5년 후에 닥쳐올 에이지퀘이크에 대비해야 합니다.

삶의 질을 향상하는
계층 혼합 공동체를 꿈꾼다

일찍이 계몽사상가인 장 쟈크 루소는 도시를 일컬어 "인간종(種)이 모여 사는 깊은 구렁이다."라고 했습니다. 그러나 하버드대 에드워드 글레이저 교수는 《도시의 승리》에서 도시는 "관찰, 청취, 학습을 더 쉽게 할 수 있기 때문에 우리를 더 인간답게 만들어 주는" 장소라고 했습니다.

많은 사람들은 미국 뉴욕의 맨해튼 같은 세련된 도시에서 살고 싶어 하지만, 한편으론 전통을 존중하고 친환경적 도시를 대안으로 제시하며 미국이나 서유럽식 도시계획을 비판하기도 합니다. 이렇게 상반되는 두 가치를 적절히 조화시킨 도시는 프랑스의 파리인 것 같습니다.

파리는 유구한 역사를 자랑하는 옛 시가지를 그대로 유지하고 있습니다. 당연히 건물의 높이를 제한하고 전통적인 문화를 유지하는 친환경적인 도시이지요. 그러나 파리 북서쪽 6km 지점에 46만 평의 신도시, '라 데팡스'를 건설하여 전통적 도시의 한계를 극복하면서 새로운 욕구를 충족시켜주고 있습니다. 그러면서도 옛 시가지와 정신적 연결을 소홀히 하지 않았습니다. 아름다운 문화, 유구한 역사와 예술적 가치, 낭만과 여유가 깃든 파리의 정신을 계승한 신도시, 라 데팡스를 만들어 낸 것입니다. 이 때문에 라 데팡스는, '역사성과 예술성을 간직한 도시설계의 모델'이라고 하며, 도시계획의 교과서와 같은 곳이라는 평가를 받고 있습니다.

일부 사람들은 환경과 전통을 강조하면서 맨해튼 같은 도시를 비판하지만, 세계 곳곳에 수많은 맨해튼이 계속 생겨나고 있습니다. 중국에도 미국식 도시가 급속도로 들어서고 있으며, 인도에도 미국식 생활양식이 빠르게 확산되고 있습니다. 2022년 월드컵을 유치한 카타르의 수도 도하를 방문한 어느 전문가는 이 모래 위의 도시를 뉴욕 맨해튼의 축소판이라고 묘사했습니다.

저는 인간의 욕구와 가치지향이 저마다 다양하기 때문에 기본적으로 어느 한 모델을 고집하여서는 안 된다고 생각합니다. 다만, 맨해튼식 도시 개발이라 할지라도 도시는 시민들을 위해 존재한다는 기본 철학이 반영되어야 하며, 건물의 외형적 아름다움과 시민 삶의 풍요로움이라는 목표가 병행되어야 한다고 생각합니다.

국내외를 막론하고 대도시의 공통된 현상이지만, 각 도시들은 역사적인 구도심(또는 원도심)과 새로 개발된 신도심의 격차 때문에 많은 고민을 떠안고 있습니다. 주민의 다수는 원도심도 신도심 같은 형태로 개발되어야 한다고 주장합니다. 이런 주장을 그대로 받아들이기에는 많은 어려움이 따릅니다. 이럴 경우 전통적인 옛 시가지와 그 정신을 이어받은 화려한 신도시의 공존이라는 가장 바람직한 파리의 도시계획모델을 원용할 필요가 있습니다.

대전시도 똑같은 고민이 있습니다. 신도심에 비해 낙후된 원도심의 주민들은 많은 생활의 불편을 호소합니다. 그러나 원도심을 신도심 같은 모델로 개발하기보다는, 관공서를 중심으로 만들어졌던 행정·상업도심에서 전통을 기반으로 하는 문화의 도심으로 변모하는 게 더 어울린다고 생각합니다.

일본 나오시마의 혼무라(本村) 골목을 구경했습니다. 나오시마를 예술섬으로 만든 베네세 재단과 안도 다다오 등 예술가들이 혼무라 지역에서 '이에(家)프로젝트'를 진행시켰는데, 7개의 낡은 민가를 보수하여 '집'이라는 공간을 예술작품으로 만드는 프로젝트를 진행하여 놓았습니다. 어떤 집은 어둠에 눈을 적응하면서 공간을 찾아가는 황홀한 경험을 하게 했고, 어떤 집에는 물 위에 네온사인 같은 디지털 시계의 숫자가 분주하게 돌아갔고, 어떤 집에서는 동백꽃송이가 깔려 있는 등, 7개의 모든 집을 하나의 예술작품으로 탄생시킨 것입니다.

이 프로젝트에서 가장 두드러진 점은, 대부분 원형을 보존하였고, 특히 외관은 전통적인 민가 그대로의 모습이었습니다. 오브제가 된 집들은 섬에 살던 사람들이 뭍으로 이사를 나갔거나 너무 오래되어 더 이상 사람이 살지 않는 집을 자유롭게 꾸며 작품으로 재탄생시켰습니다.

당연히 작품들은 한 곳에 모여 있는 것이 아니라 마을 구석구석 흩어져 있어 이 섬을 방문한 관광객들이 혼무라의 '이에(家)프로젝트'를 확인하기 위해서는 마을 전체를 구석구석 돌아다녀야 합니다. 당초 프로젝트가 시작될 때까지도 버려진 땅의 주민들은 자신들과는 별 관계가 없는 일이라고 치부했지만 낡은 집들이 예기치도 못한 예술작품으로 변화되는 모습을 지켜보면서 도리어 활력을 되찾게 되었다고 합니다.

그동안 우리는 원도심 프로젝트를 진행하면서 너무 외관의 변화에 치중했던 것 같습니다. 또한 성과위주, 경직성, 공익성, 일정 등의 한계를 안고 있는 관(官) 주도 프로젝트로 진행했던 것 같습니다.

나오시마의 혼무라 프로젝트처럼 민간 기업이 예술가와 손잡고 무한한 상상력을 동원하여 자율적으로 진행하는 것이 더 바람직하다는 생각을 하였습니다. 이때 정부가 할 일은, 원도심 주민들의 삶의 질을 높이기 위한 공공투자를 대폭 확대하는 일입니다. 예를 들면 체육, 청소년, 사회복지, 의료, 문화예술, 공원 같은 시설들을 고급화하여 삶의 질을 높이고, 계층 혼합적 공동체를 조성해야 합니다. 도시는 구조물이 아니라 사람이 중심이라는 교훈을 잊지 않고 자연과 전통과 예술을 조화시킨다면 그것이 곧 그 도시의 정체성으로 자리매김하게 될 것입니다.

문제는 정치야

여러 조사기관의 발표를 종합하면 미국의 역대 대통령 인기 순위는 조지 워싱턴, 에이브러햄 링컨, 프랭클린 루즈벨트로 이어지는 것 같습니다. 그러나 저는 미국의 역대 대통령 중 존 F. 케네디와 버락 오바마 대통령에게 높은 점수를 주고 싶습니다. 업무성과나 리더십 등을 종합적으로 평가한 것은 아니고 정책과 비전만을 고려한 것입니다. 특히, 두 대통령 모두 변화를 주도하였고, 미국인에게 '미국은 달라질 수 있다'는 희망을 주었다는 점을 높이 평가합니다.

두 대통령은 공통점이 많습니다. 당선 시 40대의 젊은 대통령이었고, 두 사람 모두 미국의 주류 사회 출신이 아닙니다. 케네디는 아일랜드계 가톨릭 신자이고 오바마는 케냐 출신의 흑인 아버지와 백인 어머니 사이의 혼혈아였습니다. 또한 두 사람 모두 하버드대 로스쿨 출신이며 설득력 있는 연설을 잘 하는 것도 공통점입니다. 그러나 무엇보다도 단순한 경기부양책을 뛰어 넘어 사회정의, 미국의 자존심, 공동체와 통합 등 공공철학을 정책에 반영하여 정책이 갖는 의민와 힘을 키웠습니다.

사실 정책에 있어서 오바마는 존 F. 케네디 보다는 대통령 후보 시절 형과 똑같이 암살을 당한 로버트 케네디와 더 큰 공통점이 있습니다. 로버트 케네디는 정의는 단순히 국민총생산의 규모와 분배의 문제로 끝나지 않고 더 높은 도덕적 목적과 관련이 있다고 주장하였고, 오바마는 정책의 우선순위를 바꿔 '품격 있는 삶'(decent life)을 강조했습니다. 모든 사람에게 새로운 기회를 부여하는 정의로운 사회를 우선적으로 추진한다는 것입니다. 당연히 두 대통령과 로버트 케네디는 소수자와 약자를 대변하였으며 보수와 진보를 아우르면서 '미국인들의 가치'를 찾고 실현하고자 노력했습니다.

정의는 영광과 미덕, 자부심과 안정에 관한 대립하는 여러 개념과 밀접히 연관이 있지만, 올바른 분배만의 문제는 아니고 올바른 가치 측정의 문제라고 말한 마이클 샌델의 정의관과도 밀접한 관계가 있습니다.

모든 정치지도자들이 열망하듯이 소득, 권력, 기회를 정당하게 분배할 수 있다면 얼마나 좋겠습니까? 그러나 현실적으로는 만족스럽게 이루어지지 않기 때문에 '좋은 삶'이나 '품격 있는 삶'의 의미를 함께 고민하고 이견을 기꺼이 받아들이는 문화를 만드는 것이 중요하다고 생각합니다.

클린턴 대통령은 선거 캠페인 구호로 "문제는 경제야, 바보야(It's the economy, stupid)."를 선정해서 경제를 강조했지만, 저는 좀 다른 의견을 가지고 있습니다. 더 나은 사회에 대해 논의하는 데 있어 "문제는 정치야, 바보야."라고 바꾸고 싶습니다.

많은 국가들의 불평등이 시장논리로부터 나온 것은 어느 정도 사실이지만, 그것은 정치에 의해서 형성되고 확대되어 온 것입니다. 오늘날 미국을 비롯한 많은 나라에서 정치라는 싸움터에서 승승장구하는 것은 상위 1%이며, 시장은 정치에 의해서 규정됩니다. 경제 게임의 규칙은 정치에 의해서 결정되고 경기장은 상위 1%에게 유리하게 기울어져 있다고 노벨경제학상 수상자인 조지프 스티글리츠 교수가 이미 언급한 바 있습니다.

제가 사회정의를 강조하고 경제보다는 정치가 근본 문제라고 주장하는 것은 경제를 과소평가하는 것이 아닙니다. 하지만 시민들의 삶을 팍팍하게 만드는 다양한 문제와 부조리들은 경제적 해법만으로는 풀 수 없고, 정치를 통해 시스템을 개선하고 구조적인 모순도 혁파하고, 나아가 사회가 공유할 비전을 제시하는 데서 실마리를 찾아야 한다고 생각합니다. 다시 조지프 스티글리츠 교수의 주장을 빌면 "사회적 자본의 기본이 되는 신뢰가 무너지면 경제가 타격을 입는다. 정치 분야에서 신뢰가 무너지면 상황은 더욱 악화된다. 사회계약이 깨지면 민주주의의 기능은 큰 타격을 입는다."고 했습니다. 우리나라도 사회정의, 자부심, 공동체, 신뢰, 통합과 변화라는 '가치'를 만들고, 정책화하는 등, '사회적 자본'을 확충해야 할 때라고 생각합니다.

자크 아탈리의
'자기 자신 되기'

자크 아탈리 박사는 유럽 최고의 지성으로 손꼽히는 천재 경제학자입니다. 알제리에서 태어났으나 14세 때 프랑스로 건너가 엘리트 고등교육기관인 그랑제콜을 4곳이나 졸업하고 소르본대학에서 경제학 박사학위를 받았습니다. 전공인 경제 문제는 물론 국제정세 진단, 미래예측 등에서도 탁월한 식견을 보여주었고, 소설, 에세이, 희곡 등 폭넓은 저작을 했으며 최근에는 오케스트라 지휘까지 섭렵했습니다. "학력으로 대통령을 뽑는다면 아탈리가 1등" 또는 "현존하는 프랑스 최고의 수재"라는 말이 나올 정도로 학식이 깊고 넓으며, 국제적인 이슈가 생길 때마다 세계 지도자들과 언론들이 그에게 자문을 구하고 있습니다.

그런데 그런 천재가 전망하는 인류의 미래는 놀랍도록 비관적입니다. 그는 "우리는 이미 끔찍한 세상에 살고 있지만, 머지않아 이곳은 더욱 살기 힘든 곳이 될 것이다."라고 말하면서 우리가 처한 현실을 지적했습니다. 세계 곳곳에서 애매한 이념을 앞세워 관용 없고 무자비한 폭력이 맹위를 떨치고 있고, 종교전쟁도 다시 불이 붙었고, 하나의 국가가 여럿으로 분리되는 현상이 빈발하고 있습니다. 환경이 악화되고, 식량 오염은 더욱 심해지고 있고, 일자리가 사라지고, 중산층은 붕괴되고, 빈부격차는 세계적으로 점점 심해지고 있습니다.

그는 자신이 지쳤다고 얘기합니다. 이미 오래전부터 말과 글을 통해 프랑스는 물론 전 세계의 시스템 개혁이 시급하다고 당부했지만, 정당이나 권력자들은 말로는 그 처방에 공감한다고 하면서 막상 자기 이익에만 급급한 채 핑계만 댄다는 것입니다. 그래서 아탈리는 이런 세상에서는 누구에게도, 아무것도 기대할 수 없으니 이제 각자가 팔을 걷어붙이고 나서야 할 때라고 역설합니다. 다른 사람이 선택해준 인생이나 다른 사람이 그려준 운명에서 탈피해서 자신의 삶을 직접 선택하라는 것입니다.

그는 이것을 '자기 자신 되기'라고 명명하고 저서 《언제나 당신이 옳다》에서 그를 위한 5단계를 제시했습니다.

첫 번째 단계는 자신이 얼마나 소외되어 있는지, 자기 인생이 얼마나 불안정한지를 인식하는 것입니다. 무엇보다도 인간이 가진 조건 때문에 생긴 속박과 한계를 인식해야 하며, 영생이나 부활에 대한 종교적 믿음과는 별개로, 개인은 이 세상에서의 생이 얼마나 짧고 불안정한지를 헤아려보아야 한다는 것입니다.

두 번째 단계는 스스로를 존중하고 존중받으라는 것입니다. 우리가 어디서 왔는지를 깨닫고, 자신의 인생 역정과 자신이 지닌 욕구와 힘을 분석해야 합니다. 자기 몸과 마음을 온전히 인식하고, 한 걸음 더 나아가고 싶다는 욕구를 가질 때 사람은 자존감을 얻을 수 있습니다. 자기 내면의 힘을 발견할 수 있고 통찰력도 자라납니다. 이런 사람은 긍정적이고 안정된 모습으로 비추어지기 때문에 주위로부터도 존중받을 수 있습니다.

세 번째 단계는 자신의 고독을 인식하고 다른 사람들에게 아무것도 기대하지 말라는 것입니다. 죽음과 함께 사람이 인정하기 가장 힘든 인간의 조건 중 하나가 바로 고독입니다. 그러나 아무리 받아들이기 어려워도 우리는 모두 혼자라는 사실을 인정해야 합니다. 이 우주에 살고 있는 한 종(種)으로서도 혼자이고 지구상에 살고 있는 한 개인으로서도 혼자입니다. 자기 자신 말고는 그 누구도 자신의 존재 이유를 말할 수 없습니다. 그러니까 누구에게도 의지하지 않고, 다른 사람에게 아무것도 기대하지 않을 용기가 필요합니다.

네 번째 단계는 자신의 유일성을 인식하는 것입니다. 태초 이래로 그 누구도 다른 사람과 비슷한 사람은 없습니다. 인간은 생물학적, 지리적, 문화적, 역사적으로 타인과 다르고 유일한 존재입니다. 우리는 자신이 다른 사람과 어떤 점에서 다른지를 성찰하고 다른 사람이 똑같이 흉내 낼 수 없는 삶, '나만의 의미 있는 삶'을 살아야 합니다.

마지막 단계는 참된 자신을 발견하고 어떤 사람이 될지 스스로 선택하는 것입니다. 내가 꿈꾸는 사람이 될 수 있다면, 우리가 꿈꾸는 유토피아는 이 세상이 아니라 우리 자신이 될 수 있습니다. 이는 그냥 이루어지는 것은 아닙니다. 그 선택을 위해 쏟아붓는 노력과 열정에 모든 것이 달려 있습니다. "나는 할 수 있다." 또는 "나는 내가 생각하는 것보다 더 훌륭하다."고 생각하는 자신감도 필요합니다.

자크 아탈리는 더 이상 권력자들에게 무언가를 기대하지 말고 스스로 행동하라고 당부합니다. 절대 체념하지 말고, 그저 비난하는 것으로 할 일을 다 했다고 여기지 말며, 부디 행동할 용기를 가지라고 힘주어 말합니다. 그것이 '자기 자신 되기'입니다.

결국 자크 아탈리가 말하고자 하는 것은 세상을 비관하고 자기만의 세계에 칩거하는 것이 아니라, 한 사람 한 사람이 더 나은 자신이 되어 더 나은 세상으로 나아가자는 것이 아닐까요. 어쩌면 자크 아탈리야말로 사람과 세상에 대한 가장 강한 희망을 가지고 있는지도 모릅니다.

천천히, 천천히 걷는다

1판 1쇄 발행 | 2016년 10월 31일

지은이 | 염홍철
펴낸이 | 김경배
펴낸곳 | 시간여행
편 집 | 이진의
홍 보 | 강민정
본문 디자인 | 디자인 [연:우]

등 록 | 제313-210-125호 (2010년 4월 28일)
주 소 | 서울시 마포구 토정로 222 한국출판콘텐츠센터 419호
전 화 | 070-4032-3664
이메일 | sigan_pub@naver.com

종 이 | 화인페이퍼
인 쇄 | 한영문화사

ISBN 979-11-85346-38-0   (03810)

이 도서의 국립중앙도서관 출판예정 도서목록(CIP)은 서지정보유통지원시스템 홈페이지
(http://seoji.nl.go.kr)와 국가자료 공동목록시스템(http://www.nl.go.kr/kolisnet)에서
이용하실 수 있습니다. (CIP제어번호 : CIP2016025113)